莎士比亚全集·中文本（典藏版）
William Shakespeare: Complete Works

［英］威廉·莎士比亚（William Shakespeare）著

辜正坤 主编／熊杰平 译

驯 悍 记

The Taming of the Shrew

外语教学与研究出版社
北京

京权图字：01-2016-5001

图书在版编目 (CIP) 数据

驯悍记／（英）威廉·莎士比亚（William Shakespeare）著；熊杰平译.
北京：外语教学与研究出版社，2024.6. ——（莎士比亚全集／辜正坤主编）.
ISBN 978-7-5213-5322-8

Ⅰ. I561.33
中国国家版本馆 CIP 数据核字第 202401ZN04 号

驯悍记
XUN HAN JI

出 版 人　王　芳
项目负责　邢印姝　郭芮萱
责任编辑　都楠楠
责任校对　周渝毅
封面设计　张　潇
出版发行　外语教学与研究出版社
社　　址　北京市西三环北路 19 号（100089）
网　　址　https://www.fltrp.com
印　　刷　三河市紫恒印装有限公司
开　　本　710×1000　1/16
印　　张　10
字　　数　160 千字
版　　次　2024 年 6 月第 1 版
印　　次　2024 年 6 月第 1 次印刷
书　　号　ISBN 978-7-5213-5322-8
定　　价　68.00 元

如有图书采购需求，图书内容或印刷装订等问题，侵权、盗版书籍等线索，请拨打以下电话或关注官方服务号：
客服电话：400 898 7008
官方服务号：微信搜索并关注公众号"外研社官方服务号"
外研社购书网址：https://fltrp.tmall.com

物料号：353220001

出版说明

　　1623年，莎士比亚的演员同僚们倾注心血结集出版了历史上第一部《莎士比亚全集》——著名的第一对开本，这是三百多年来许多导演和演员最为钟爱的莎士比亚文本。2007年，由英国皇家莎士比亚剧团（Royal Shakespeare Company）推出的《莎士比亚全集》，则是对第一对开本首次全面的修订。

　　本套《莎士比亚全集》新汉译本，正是依据当今莎学界最负声望的皇家版《莎士比亚全集》翻译而成。译本的凡例说明如下：

　　一、**文体**：剧文有诗体和散体之分。未及最右行末即转行的为诗体。文字连排、直至最右行末转行的，则为散体。

　　二、**舞台提示**：

　　1）角色的上场与下场及其他舞台提示以仿宋体排出，穿插于剧文中的舞台提示以圆括号进行标注，如：（对亨利王子）。

　　2）舞台提示中的特殊符号。译本所依据的皇家版《莎士比亚全集》的编辑者对舞台提示中的不确定情形以特殊符号予以标注，译本亦保留了这些符号：如（旁白？）表示某行剧文既可作为旁白，亦可当作对话；又如某个舞台活动置于箭头↓↓之间，表示它可发生在一场戏中的多个不同时刻。

　　三、**脚注**：脚注中除标注有"译者附注"字样的，均译自或改编自皇家版《莎士比亚全集》注释。脚注多为对剧文中背景知识及专名的解释，以使读者更好地理解剧情；亦包含部分与英文原文相关的脚注，以使读者在品味译者的佳文时，亦体验到英文原文的精妙。

四、文本：译本以第一对开本为蓝本，部分剧目中四开本与之明显相异的段落亦有译出，附于正文之后，供读者参考。

此《莎士比亚全集》新汉译本历经策划、翻译、编辑加工和印装等工序，各个环节的参与者均竭尽全力，力求完美，但由于水平、精力所限，难免有所错漏，敬请广大读者赐教指正。

外语教学与研究出版社
综合出版事业部

莎士比亚诗体重译集序

辜正坤

他非一代骚人，实属万古千秋。

这是英国大作家本·琼森（Ben Jonson）在第一部《莎士比亚全集》（*Mr. William Shakespeares Comedies, Histories, & Tragedies*, 1623）扉页上题诗中的诗行。三百多年来，莎士比亚在全球逐步成为一个家喻户晓的名字，似乎与这句预言在在呼应。但这并非偶然言中，有许多因素可以解释莎士比亚这一巨大的文化现象产生的必然性。最关键的，至少有下面几点。

首先，其作品内容具有惊人的多样性。世界上很难有第二个作家像莎士比亚这样能够驾驭如此广阔的题材。他的作品内容几乎无所不包，称得上英国社会的百科全书。帝王将相、走卒凡夫、才子佳人、恶棍屠夫……一切社会阶层都展现于他的笔底。从海上到陆地，从宫廷到民间，从国际到国内，从灵界到凡尘……笔锋所指，无处不至。悲剧、喜剧、历史剧、传奇剧，叙事诗、抒情诗……都成为他显示天才的文学样式。从哲理的韵味到浪漫的爱情，从盘根错节的叙述到一唱三叹的诗思，波涛汹涌的情怀，妙夺天工的笔触，凡开卷展读者，无不为之拊掌称绝。即使只从莎士比亚使用过的海量英语词汇来看，也令人产生仰之弥高的感觉。德国语言学家马克斯·缪勒（Max Müller）原以为莎士比亚使用过的词汇最多为 15,000 个，事后证明这当然是小看了语言大师的词汇储藏量。美国教授爱德华·霍尔登（Edward Holden）经过一番考察后，认为至少达 24,000 个。可是他哪里知道，这依然是一种低估。有学者甚至声称用电脑检索出莎士比亚用的词汇多达 43,566 个！当然，这些数据还不是莎士比亚作品之所以产生空前影响的关键因素。

其次，但也许是更重要的原因：他的作品具有极高的娱乐性。文学作品的生命力在于它能寓教于乐。莎士比亚的作品不是枯燥的说教，而是能够给予读者或观众极大艺术享受的娱乐性创造物，往往具有明显的煽情效果，有意刺激人的欲望。这种艺术取向当然不是纯粹为了娱乐而娱乐，掩藏在背后的是当时西方人强有力的人本主义精神，即用以人为本的价值观来对抗欧洲上千年来以神为本的宗教价值观。重欲望、重娱乐的人本主义倾向明显对重神灵、重禁欲的神本主义产生了极大的挑战。当然，莎士比亚的人本主义与中国古人所主张的人本主义有很大的区别。要而言之，前者在相当大的程度上肯定了人的本能欲望或原始欲望的正当性，而后者则主要强调以人的仁爱为本规范人类社会秩序的高尚的道德要求。二者都具有娱乐效果，但前者具有纵欲性或开放性娱乐效果，后者则具有节欲性或适度自律性娱乐效果。换句话说，对于 16、17 世纪的西方人来说，莎士比亚的作品暗中契合了试图挣脱过分禁欲的宗教教义的约束而走向个性解放的千百万西方人的娱乐追求，因此，它会取得巨大成功是势所必然的。

第三，时势造英雄。人类其实从来不缺善于煽情的作手或视野宏阔的巨匠，缺的常常是时势和机遇。莎士比亚的时代恰恰是英国文艺复兴思潮达到鼎盛的时代。禁欲千年之久的欧洲社会如堤坝围裹的宏湖，表面上浪静风平，其底层却汹涌着决堤的纵欲性暗流。一旦湖堤洞开，飞涛大浪呼卷而下，浩浩汤汤，汇作长河，而莎士比亚恰好是河面上乘势而起的弄潮儿，其迎合西方人情趣的精湛表演，遂赢得两岸雷鸣般的喝彩声。时势不光涵盖社会发展的总趋势，也牵连着别的因素。比如说，文学或文化理论界、政治意识形态对莎士比亚作品理解、阐释的多样性与莎士比亚作品本身内容的多样性产生相辅相成的效果。"说不尽的莎士比亚"成了西方学术界的口头禅。西方的每一种意识形态理论，尤其是文学理论，要想获得有效性，都势必会将阐释莎士比亚的作品作为试金石。17世纪初的人文主义，18世纪的启蒙主义，19世纪的浪漫主义，20世纪的现实主义或批判现实主义，都不同程度地、选择性地把莎士比亚作品作为阐释其理论特点的例证。也许17世纪的古典主义曾经阻遏过西方人对莎士比亚作品的过度热情，但是19世纪的浪漫主义流派却把莎士比亚作品推崇到无以复加的崇高地位，莎士比亚俨然成了西方文学的神灵。20世纪以来，西方资本主义阵营和社会主义阵营可以说在意识形态的各个方面都互相对立，势同水火，可是在对待莎士比亚的问题上，居然有着惊人的共识与默契。不用说，社会主义阵营的立场与社会主义理论的创始者马克思（Karl Marx）、恩格斯（Friedrich Engels）个人的审美情趣息息相关。马克思一家都是莎士比亚的粉丝；马克思称莎士比亚为"人类最伟大的天才之一，人类文学奥林波斯山上的宙斯"！他号召作家们要更加莎士比亚化。恩格斯甚至指出："单是《快乐的温莎巧妇》[1]的第一幕就比全部德国文学包含着更多的生活气息。"不用说，这些话多多少少有某种程度的文学性夸张，但对莎士比亚的崇高地位来说，却无疑产生了极大的推动作用。

第四，1623年版《莎士比亚全集》奠定莎士比亚崇拜传统。这个版本即眼前译本所依据的皇家版《莎士比亚全集》（*The RSC William Shakespeare: Complete Works*, 2007）的主要内容。该版本产生于莎士比亚去世的第七年。莎士比亚的舞台同仁赫明奇（John Heminge）和康德尔（Henry Condell）整理出版了第一部莎士比亚戏剧集。当时的大学者、大

1　英文剧名为 The Merry Wives of Windsor，朱生豪先生译作《温莎的风流娘儿们》；重译本综合考虑剧情和英文书名，译作《快乐的温莎巧妇》。

作家本·琼森为之题诗，诗中写道："他非一代骚人，实属万古千秋。"这个调子奠定了莎士比亚偶像崇拜的传统。而这个传统一旦形成，后人就难以反抗。英国文学中的莎士比亚偶像崇拜传统已经形成了一种自我完善、自我调整、自我更新的机制。至少近两百年来，莎士比亚的文学成就已被宣传成世界文学的顶峰。

第五，现在署名"莎士比亚"的作品很可能不只是莎士比亚一个人的成果，而是凝聚了当时英国若干戏剧创作精英的团体努力。众多大作家的智慧浓缩在以"莎士比亚"为代号的作品集中，其成就的伟大性自然就获得了解释。当然，这最后一点只是莎士比亚研究界若干学者的研究性推测，远非定论。有的莎士比亚著作爱好者害怕一旦证明莎士比亚不是署名为"莎士比亚"的著作的作者，莎士比亚的著作便失去了价值，这完全是杞人忧天。道理很简单，人们即使证明了《红楼梦》的作者不是曹雪芹，或《三国演义》的作者不是罗贯中，也丝毫不影响这些作品的伟大价值。同理，人们即使证明了《莎士比亚全集》不是莎士比亚一个人创作的，也丝毫不会影响《莎士比亚全集》是世界文学中的伟大作品这个事实，反倒会更有力地证明这个事实，因为集体的智慧远胜于个人。

皇家版《莎士比亚全集》译本翻译总思路

横亘于前的这套新译本，是依据当今莎学界最负声望的皇家版《莎士比亚全集》进行翻译的，而皇家版又正是以本·琼森题过诗的 1623 年版《莎士比亚全集》为主要依据。

这套译本是在考察了中国现有的各种译本后，根据新的历史条件和新的翻译目的打造出来的。其总的翻译思路是本套译本主编会同外语教学与研究出版社的相关领导和责任编辑讨论的结果。总起来说，皇家版《莎士比亚全集》译本在翻译思路上主要遵循了以下几条：

1. 版本依据。如上所述，本版汉译本译文以英国皇家版《莎士比亚全集》为基本依据。但在翻译过程中，译者亦酌情参阅了其他版本，以增进对原作的理解。

2. 翻译内容包括：内页所含全部文字。例如作品介绍与评论、正文、注释等。

3. 注释处理问题。对于注释的处理：1）翻译时，如果正文译文已经将英文版某注释的基本含义较准确地表达出来了，则该注释即可取消；2）如果正文译文只是部分地将英文版对应注释的基本含义表达出来，则该注释可以视情况部分或全部保留；3）如果注释本身存疑，可以在保留原注的情况下，加入译者的新注。但是所加内容务必有理有据。

4. 翻译风格问题。对于风格的处理：1）在整体风格上，译文应该尽量逼肖原作整体风格，包括以诗体译诗体，以散体译散体；2）在具体的文字传输处理上，通常应该注重汉译本身的文字魅力，增强汉译本的可读性。不宜太白话，不宜太文言；文白用语，宜尽量自然得体。句子不要太绕，注意汉语自身表达的句法结构，尤其是其逻辑表达方式。意义的异化性不等于文字形式本身的异化性，因此要注意用汉语的归化性来传输、保留原作含义的异化性。朱生豪先生的译本语言流畅、可读性强，但可惜不是诗体，有违原作形式。当下译本是要在承传朱先生译本优点的基础上，根据新时代的读者审美趣味，取得新的进展。梁实秋先生等的译本，在达意的准确性上，比朱译有所进步，也是我们应该吸纳的优点。但是梁译文采不足，则须注意避其短。方平先生等的译本，也把莎士比亚翻译往前推进了一步，在进行大规模诗体翻译方面作出了宝贵的尝试，但是离真正的诗体尚有距离。此外，前此的所有译本对于莎士比亚原作的色情类用语都有程度不同的忽略，本套皇家版译本则尽力在此方面还原莎士比亚的本真状态（论述见后文）。其他还有一些译本，亦都应该受到我们的关注，处理原则类推。每种译本都有自己独特的东西。我们希望美的译文是这套译本的突出特点。

5. 借鉴他种汉译本问题。凡是我们曾经参考过的较好的译本，都在适当的地方加以注明，承认前辈译者的功绩。借鉴利用是完全必要的，但是要正大光明，避免暗中抄袭。

6. 具体翻译策略问题特别关键，下文将其单列进行陈述。

莎士比亚作品翻译领域大转折：真正的诗体译本

莎士比亚首先是一个诗人。莎士比亚的作品基本上都以诗体写成。因此，要想尽可能还原本真的莎士比亚，就必须将莎士比亚作品翻译成为诗体而不是散文，这在莎学界已经成为共识。但是紧接而来的问题是：什么叫诗体？或需要什么样的诗体？

按照我们的想法：1) 所谓诗体，首先是措辞上的诗味必须尽可能浓郁；2) 节奏上的诗味（包括分行）等要予以高度重视；3) 结合中国人的审美习惯，剧文可以押韵，也可以不押韵。但不押韵的剧文首先要满足前两个要求。

本全集翻译原计划由笔者一个人来完成。但是，莎士比亚的创作具有惊人的多样性，其作品来源也明显具有莎士比亚时代若干其他作家与作品的痕迹，因此，完全由某一个译者翻译成一种风格，也许难免偏颇，难以和莎士比亚风格的多样性相呼应。所以，集众人的力量来完成大业，应该更加合理，更加具有可操作性。

具体说来，新时代提出了什么要求？简而言之，就是用真正的诗体翻译莎士比亚的诗体剧文。这个任务，是朱生豪先生无法完成的。朱先生说过，他在翻译莎士比亚作品时，"当然预备全部用散文译出，否则将要了我的命"。[1] 显然，朱先生也考虑过用诗体来翻译莎士比亚著作的问题，但是他的结论是：第一，靠单独一个人用诗体翻译《莎士比亚全集》是办不到的，会因此累死；第二，他用散文翻译也是不得已的办法，因为只有这样他才有可能在有生之年完成《莎士比亚全集》的翻译工作。

将《莎士比亚全集》翻译成诗体比翻译成散文体要难得多。难到什么程度呢？和朱生豪先生的翻译进度比较一下就知道了。朱先生翻译得最快的时候，一天可以翻译一万字。[2] 为什么会这么快？朱先生才华过人，这当然是一个因素，但关键因素是：他是用散文翻译的。用真正的诗体就不一样了。以笔者自己的体验，今日照样用散文翻译莎士比亚剧本，最快时也可达到每日一万字。这是因为今日的译者有比以前更完备的注释本和众多的前辈汉译本作参考，至少在理解原著时，要比朱先生当年省力得多，所以翻译速度上最高达到一万字是不难的。但是翻译成诗体就是另外一回事了。这比自己写诗还要难得多。写诗是自己随意发挥，译诗则必须按照别人的意思发挥，等于是戴着镣铐跳舞。笔者自己写诗，诗兴浓时，一天数百行都可以写得出来，但是翻译诗，一天只能是几十行，统计成字数，往往还不到一千字，最多只是朱生豪先生散文翻译速度的十分之一。梁实秋先生翻译《莎士比亚全集》用的也是散文，但是也花了 37 年，如果要翻译成真正的诗体，那么至少得 370 年！由此可见，真正的诗体《莎士比亚全集》汉译本的诞生，有多么艰难。此次笔者约稿的各位译者，都是用诗体翻译，并且都表示花费了大量的时间，

1　见朱生豪大约在 1936 年夏致宋清如信："今天下午，我试译了两页莎士比亚，还算顺利，不过恐怕终于不过是 Poor Stuff 而已。当然预备全部用散文译出，否则将要了我的命。"（《伉俪：朱生豪宋清如诗文选》下卷，中国青年出版社，2013 年，第 94 页）

2　朱生豪："今天因为提起了精神，却很兴奋，晚上译了六千字，今天一共译一万字。"（同上，第 101 页）

皇家版《莎士比亚全集》译本凝聚了诸位译者的多少努力，也就不言而喻了。

翻译诗体分辨：不是分了行就是真正的诗

主张将莎士比亚剧作翻译成诗体成了共识，但是什么才是诗体，却缺乏共识。在白话诗盛行的时代，许多人只是简单地认定分了行的文字就是诗这个概念。分行只是一个初级的现代诗要求，甚至不必是必然要求，因为有些称为诗的文字甚至连分行形式都没有。不过，在莎士比亚作品的翻译上，要让译文具有诗体的特征，首先是必定要分行的，因为莎士比亚原作本身就有严格的分行形式。这个不用多说。但是译文按莎士比亚的方式分了行，只是达到了一个初级的低标准。莎士比亚的剧文读起来像不像诗，还大有讲究。

卞之琳先生对此是颇有体会的。他的译本是分行式诗体，但是他自己也并不认为他译出的莎士比亚剧本就是真正的诗体译本。他说：读者阅读他的译本时，"如果……不感到是诗体，不妨就当散文读，就用散文标准来衡量"。[1]这是一个诚实的译者说出的诚实话。不过，卞先生很谦虚，他有许多剧文其实读起来还是称得上诗体的。原因是什么？原因是他注意到了笔者上文提到的两点：第一，诗的措辞；第二，诗的节奏。只不过他迫于某些客观原因，并没有自始至终侧重这方面的追求而已。

显然，一些译本翻译了莎士比亚的剧文，在行数上靠近莎士比亚原作，措辞也还流畅。这些是不是就是理想的诗体莎士比亚译本呢？笔者认为，这还不够。什么是诗，对于中国人来说有几千年的历史，我们不

1　卞之琳：《莎士比亚悲剧四种》，方志出版社，2007 年，第 4 页。

能脱离这个悠久的传统来讨论这个问题。为此，我们不得不重新提到一些基本概念：什么是诗？什么是诗歌翻译？

诗歌是语言艺术，诗歌翻译也就必须是语言艺术

讨论诗歌翻译必须从讨论诗歌开始。

诗主情。诗言志。诚然。但诗歌首先应该是一种精妙的语言艺术。同理，诗歌的翻译也就不得不首先表现为同类精妙的语言艺术。若译者的语言平庸而无光彩，与原作的语言艺术程度差距太远，那就最多只是原诗含义的注释性文字，算不得真正的诗歌翻译。

那么，何谓诗歌的语言艺术？

无他，修辞造句、音韵格律一整套规矩而已。无规矩不成方圆，无限制难成大师。奥运会上所有的技能比赛，无不按照特定的规矩来显示参赛者高妙的技能。德国诗人歌德（Johann Wolfgang von Goethe）《自然和艺术》（"Natur und Kunst"）一诗最末两行亦彰扬此理：

非限制难见作手，

唯规矩予人自由。[1]

艺术家的"自由"，得心应手之谓也。诗歌既为语言艺术，自然就有一整套相应的语言艺术规则。诗人应用这套规则时，一旦达到得心应手的程度，那就是达到了真正成熟的境界。当然，规矩并非一点都不可打破，但只有能够将规矩使用到随心所欲而不逾矩的程度的人，才真正有资格去创立新规矩，丰富旧规矩。创新是在承传旧规则长处的基础上来进行的，而不是完全推翻旧规则，肆意妄为。事实证明，在语言艺术上

---

1 In der Beschränkung zeigt sich erst der Meister, / Und das Gesetz nur kann uns Freiheit geben. 参见 http://www.business-it.nl/files/7d413a5dca62fc735a072b16fbf050b1-27.php.

凡无视积淀千年的诗歌语言规则，随心所欲地巧立名目、乱行胡来者，永不可能在诗歌语言艺术上取得大的成就，所以歌德认为：

若徒有放任习性，

则永难至境遨游。[1]

诗歌语言艺术如此需要规则，如此不可放任不羁，诗歌的翻译自然也同样需要相类似的要求。这个要求就是笔者前面提出的主张：若原诗是精妙的语言艺术，则理论上说来，译诗也应是同类精妙的语言艺术。

但是，"同类"绝非"同样"。因为，由于原作和译作使用的语言载体不一样，其各自产生的语言艺术规则和效果也就各有各的特点，大多不可同样复制、照搬。所以译作的最高目标，是尽可能在译入语的语言艺术领域达到程度大致相近的语言艺术效果。这种大致相近的艺术效果程度可叫作"最佳近似度"。它实际上也就是一种翻译标准，只不过针对不同的文类，最佳近似度究竟在哪些因素方面可最佳程度地（并不一定是最大程度地）取得近似效果，不是一成不变的，而是具有高度的灵活性。不同的文类，甚至针对不同的受众，我们都可以设定不同的最佳近似度。这点在拙著《中西诗比较鉴赏与翻译理论》（清华大学出版社，2010 年）的相关章节中有详细的厘定，此不赘。

话与诗的关系：话不是诗

古人的口语本来就是白话，与现在的人说的口语是白话一个道理。

---

1 Vergebens werden ungebundene Geister / Nach der Vollendung reiner Höhe streben. 参 见 http://www.cosmiq.de/qa/show/3454062/Vergebens-werden-ungebundne-Geister-Nach-der-Vollendung-reiner-Hoehe-streben-Was-ist-die-Bedeutung-dieser-2-Verse-Ich-komm-nicht-drauf/t.

正因为白话太俗，不够文雅，古人慢慢将白话进行改进，使它更加规范、更加准确，并且用语更加丰富多彩，于是文言产生。在文言的基础上，还有更文的文字现象，那就是诗歌，于是诗歌产生。所以就诗歌而言，文言味实际上就是一种特殊的诗味。文言有浅近的文言，也有佶屈聱牙的文言。中国传统诗歌绝大多数是浅近的文言，但绝非口语、白话。诗中有话的因素，自不待言，但话的因素往往正是诗试图抑制的成分。

文言和诗歌的产生是低俗的口语进化到高雅、准确层次的标志。文言和诗歌的进一步发展使得语言的艺术性愈益增强。最终，文言和诗歌完成了艺术性语言的结晶化定型。这标志着古代文学和文学语言的伟大进步。《诗经》、楚辞、唐诗、宋词、元明戏曲，以及从先秦、汉、唐、宋、元至明清的散文等，都是中国语言艺术逐步登峰造极的明证。

人们往往忘记：话不是诗，诗是话的升华。话据说至少有几十万年的历史，而诗却只有几千年的历史。白话通过漫长的岁月才升华成了诗。因此，从理论上说，白话诗不是最好的诗，而只是低层次的、初级的诗。当一行文字写得不像是话时，它也许更像诗。"太阳落下山去了"是话，硬说它是诗，也只是平庸的诗，人人可为。而同样含义的"白日依山尽"不像是话，却是真正的诗，非一般人可为，只有诗人才写得出。它的语言表达方式与一般人的通用白话脱离开来了，实现了与通用语的偏离（deviation from the norm）。这里的通用语指人们天天使用的白话。试想把唐诗宋词译成白话，还有多少诗味剩下来？

谢谢古代先辈们一代又一代、不屈不挠的努力，话终于进化成了诗。

但是，20 世纪初一些激进的中国学者鼓荡起一场声势浩大的白话文运动。

客观说来，用白话文来书写、阅读自然科学和人文科学文献，例如哲学、政治学、伦理学、经济学等等文献，这都是**伟大的进步**。这个进步甚至可以上溯到八百多年前朱熹等大学者用白话体文章传输理学思想。对此笔者非常拥护，非常赞成。

但是约一百年前的白话诗运动却未免走向了极端，事实上是一种语言艺术方面的倒退行为。已经高度进化的诗词曲形式被强行要求返祖回归到三千多年前的类似白话的状态，已经高度语言艺术化了的诗被强行要求退化成话。艺术性相对较低的白话反倒成了正统，艺术性较高的诗反倒成了异端。其实，容许口语类白话诗和文言类诗并存，这才是正确的选择。但一些激进学者故意拔高白话地位，在诗歌创作领域搞成白话至上主义，这就走上了极端主义道路。

这个运动影响到诗歌翻译的结果是什么呢？结果是西方所有的大诗人，不论是古代的还是近代的，如荷马（Homer）、但丁（Dante）、莎士比亚、歌德、雨果（Victor Hugo）、普希金（Alexander Pushkin）……都莫名其妙地似乎用同一支笔写出了 20 世纪初才出现的味道几乎相同的白话文汉诗！

将产生这种极端性结果的原因再回推，我们会清楚地明白，当年的某些学者把文学艺术简单雷同于人文社会科学，误解了文学艺术，尤其是诗歌艺术的特殊性质，误以为诗就是话，混淆了诗与话的形式因素。

针对莎士比亚戏剧诗的翻译对策

由上可知，莎士比亚的剧文既然大多是格律诗，无论有韵无韵，它们都是诗，都有格律性。因此在汉译中，我们就有必要显示出它具有格律性，而这种格律性就是诗性。

问题在于，格律性是附着在语言形式上的；语言改变了，附着其上的格律性也就大多会消失。换句话说，格律大多不可复制或模仿，这就正如用钢琴弹不出二胡的效果，用古筝奏不出黑管的效果一样。但是，原作的内在旋律是可以模仿的，只是音色变了。原作的诗性是可以换个形式营造的，这就是利用汉语本身的语言特点营造出大略类似的语言艺术审美效果。

由于换了另外一种语言媒介，原作的语音美设计大多已经不能照搬、复制，甚至模拟了，那么我们就只好断然舍弃掉原作的许多语音美设计，而代之以译入语自身的语言艺术结构产生的语音美艺术设计。当然，原作的某些语音美设计还是可以尝试模拟保留的，但在通常的情况下，大多数的语音美已经不可能传输或复制了。

利用汉语本身的语音审美特点来营造莎士比亚诗歌的汉译语音审美效果，是莎士比亚作品翻译的一个有效途径。机械照搬原作的语音审美模式多半会失败，并且在大多数的场合下也没有必要。

具体说来，这就涉及翻译莎士比亚戏剧作品时该如何处理：1）节奏；2）韵律；3）措辞。笔者主张，在这三个方面，我们都可以适当借鉴利用中国古代词曲体的某些因素。戏剧剧文中的诗行一般都不宜多用单调的律诗和绝句体式。元明戏剧为什么没有采用前此盛行的五言或七言诗行而采用了长短错杂、众体皆备的词曲体？这是一种艺术形式发展的必然。元明曲体由于要更好更灵活地满足抒情、叙事、论理等诸多需要，故借用发展了词的形式，但不是纯粹的词，而是融入了民间语汇。词这种形式涵盖了一言、二言、三言、四言、五言、六言、七言、八言……乃至十多言的长短句式，因此利于表达变化莫测的情、事、理。从这个意义上看，莎士比亚剧文语言单位的参差不齐状态与中文词曲体句式的参差不齐状态正好有某种相互呼应的效果。

也许有人说，莎士比亚的剧文虽然是格律诗，但并不怎么押韵，因此汉诗翻译也就不必押韵。这个说法也有一定道理，但是道理并不充实。

首先，我们应该明白，既然莎士比亚的剧文是诗体，人们读到现今的散体译文或不押韵的分行译文却难以感受到其应有的诗歌风味，原因即在于其音乐性太弱。如果人们能够照搬莎士比亚素体诗所惯常用的音步效果及由此引起的措辞特点，当然更好。但事实上，原作的节奏效果是印欧语系语言本身的效果，换了一种语言，其效果就大多不能搬用了，所以我们只好利用汉语本身的优势来创造新的音乐美。这种音乐美很难说是原作的音乐美，但是它毕竟能够满足一点：即诗体剧文应该具有诗歌应有的音乐美这个起码要求。而汉译的押韵可以强化这种音乐美。

其次，莎士比亚的剧文不押韵是由诸多因素造成的。第一，属于印欧语系语言的英语在押韵方面存在先天的多音节不规则形式缺陷，导致押韵词汇范围相对较窄。所以对于英国诗人来说，很苦于押韵难工；莎士比亚的许多押韵体诗，例如十四行诗，在押韵方面都不很工整。其次，莎士比亚的剧文虽不押韵，却在节奏方面十分考究，这就弥补了音韵方面的不足。第三，莎士比亚的剧文几乎绝大多数是诗行，对于剧作者来说，每部长达两三千行的诗行行都要押韵，这是一个极大的挑战，很难完成。而一旦改用素体，剧作者便会轻松得多。但是，以上几点对于汉语译本则不是一个问题。汉语的词汇及语音构成方式决定了它天生就是一种有利于押韵的艺术性语言。汉语存在大量同韵字，押韵是一件很容易的事情。汉语的语音音调变化也比莎士比亚使用的英语的音调变化空间大一倍以上。汉语音调至少有四种（加上轻重变化可达六至八种），而英语的音调主要局限于轻重语调两种，所以存在于印欧语系文字诗歌中的频频押韵有时会产生的单调感，在汉语中会在很大程度上由于语调的多变而得到缓解。故汉语戏剧剧文在押韵方面有很大的潜在优势空间，实际上元明戏剧剧文频频押韵就是证明。

第三，莎士比亚的剧文虽然很多不押韵，但却具极强的节奏感。他惯用的格律多半是抑扬格五音步（iambic pentameter）诗行。如果我们在节奏方面难以传达原作的音美，或者可以通过韵律的音美来弥补节奏美的丧失，这种翻译对策谓之堤内损失堤外补，亦谓失之东隅，收之桑榆。我们的语言在某方面有缺陷，可以通过另一方面的优点来弥补。当然，笔者主张在一定程度上借鉴利用传统词曲的风味，却并不主张使用宋词、元曲式的严谨格律，而只是追求一种过分散文化和过分格律化之间的妥协状态。有韵但是不严格，要适当注意平仄，但不过多追求平仄效果及诗行的整齐与否；不必有太固定的建行形式，只是根据诗歌本身的内容和情绪赋予适当的节奏与韵式。在措辞上则保持与白话有一段距离，但是绝非佶屈聱牙的文言，而是趋近典雅、但普通读者也能读懂的语言。

　　最后，根据翻译标准多元互补论原理，由于莎士比亚作品在内容、形式及审美效应方面具有多样性，因此，只用一种类乎纯诗体译法来翻译所有的莎士比亚剧文，也是不完美的，因为单一的做法也许无形中堵塞了其他有益的审美趣味通道。因此，这套译本的译风虽然整体上强调诗化、诗味，但是在营造诗味的途径和程度上不是单一的。我们允许诗体译风的灵活性和创新性。多译者译法实际上也是在探索诗体译法的诸多可能性，这为我们将来进一步改进这套译本铺垫了一条较宽的道路。因此，译文从严格押韵、半押韵到不押韵的各个程度，译本都有涉猎。但是，无论是否押韵，其节奏和措辞应该总是富于诗意，这个要求则是统一的。这是我们对皇家版《莎士比亚全集》译本的语言和风格要求。不能说我们能完全达到这个目标，但我们是往这个方向努力的。正是这样的努力，使这套译本与前此译本有很大的差异，在一定的意义上来说，标志着中国莎士比亚著作翻译的一次大转折。

翻译突破：还原莎士比亚作品禁忌区域

　　另有一个课题是中国学者从前讨论得比较少的禁忌领域，即莎士比亚著作中的性描写现象。

　　许多西方学者认为，莎士比亚酷爱色情字眼，他的著作渗透着性描写、性暗示。只要有机会，他就总会在字里行间，用上与性相联系的双关语。西方人很早就搜罗莎士比亚著作的此类用语，编纂了莎士比亚淫秽用语词典。这类词典还不止一种。1995 年，我又看到弗朗基·鲁宾斯坦（Frankie Rubinstein）等编纂了《莎士比亚性双关语释义词典》（*A Dictionary of Shakespeare's Sexual Puns and Their Significance*），厚达372 页。

　　赤裸裸的性描写或过多的淫秽用语在传统中国文学作品中是受到非议的，尽管有《金瓶梅》这样被判为淫秽作品的文学现象，但是中国传统的主流舆论还是抑制这类作品的。莎士比亚的作品固然不是通常意义上的淫秽作品，但是它的大量实际用语确实有很强的色情味。这个极鲜明的特点恰恰被前此的所有汉译本故意掩盖或在无意中抹杀掉。莎士比亚的所有汉译者，尤其是像朱生豪先生这样的译者，显然不愿意中国读者看到莎士比亚的文笔有非常泼辣的大量使用性相关脏话的特点。这个特点多半都被巧妙地漏译或改译。于是出现一种怪现象，莎士比亚著作中有些大段的篇章变成汉语后，尽管读起来是通顺的，读者对这些话语却往往感到莫名其妙。以《罗密欧与朱丽叶》第一幕第一场前面的 30 行台词为例，这是凯普莱特家两个仆人山普孙与葛莱古里之间的淫秽对话。但是，读者阅读过去的汉译本时，很难看到他们是在说淫秽的脏话，甚至会认为这些对话只是仆人之间的胡话，没有什么意义。

　　不过，前此的译本对这类用语和描写的态度也并不完全一样，而是依据年代距离在逐步改变。朱生豪先生的译本对这些东西删除改动得最多，梁实秋先生已经有所保留，但还是有节制。方平先生等的译本保留得更多一些，但仍然持有相当的保留态度。此外，从英语的不同版本看，有的版本注释得明白，有的版本故意模糊，有的版本注释者自己也没有弄懂这些双关语，那就更别说中国译者了。

在这一点上，我们目前使用的皇家版《莎士比亚全集》是做得最好的。

那么，我们该怎样来翻译莎士比亚的这种用语呢？是迫于传统中国道德取向的习惯巧妙地回避，还是尽可能忠实地传达莎士比亚的本真用意？我们认为，前此的译本依据各自所处时代的中国人道德价值的接受状态，采用了相应的翻译对策，出现了某种程度的曲译，这是可以理解的，是特定历史条件下的产物。但是，历史在前进，中国人的道德观已经有了很大的改变，尤其是在性禁忌领域。说实话，无论我们怎样真实地还原莎士比亚著作中的性双关描写，比起当代文学作品中有时无所忌讳的淫秽描写来，莎士比亚还真是有小巫见大巫的感觉。换句话说，目前中国人在这方面的外来道德价值接受状态，已经完全可以接受莎士比亚著作中的性双关用语了。因此，我们的做法是尽可能真实还原莎士比亚性相关用语的现象。在通常的情况下，如果直译不能实现这种现象的传输，我们就采用注释。可以说，在这方面，目前这个版本是所有莎士比亚汉译本中做得最超前的。

译法示例

莎士比亚作品的文字具有多种风格，早期的、中期的和晚期的语言风格有明显区别，悲剧、喜剧、历史剧、十四行诗的语言风格也有区别。甚至同样是悲剧或喜剧，莎士比亚的语言风格往往也会很不相同。比如同样是属于悲剧，《罗密欧与朱丽叶》剧文中就常常有押韵的段落，而大悲剧《李尔王》却很少押韵；同样是喜剧，《威尼斯商人》是格律素体诗，而《快乐的温莎巧妇》却大多是散文体。

与此现象相应，我们的翻译当然也就有多种风格。虽然不完全一一对应，但我们有意避免将莎士比亚著作翻译成千篇一律的一种文体。从这个意义上说，皇家版《莎士比亚全集》汉译本在某些方面采用了全新的译法。这种全新译法不是孤立的一种译法，而是力求展示多种翻译风格、多种审美尝试。多样化为我们将来精益求精提供了相对更多的选择。如果现在固定为一种单一的风格，那么将来要想有新的突破，就困难了。概括说来，我们的多种翻译风格主要包括：1）有韵体诗词曲风味译法；2）有韵体现代文白融合译法；3）无韵体白话诗译法。下面依次选出若干相应风格的译例，供读者和有关方面品鉴。

一、有韵体诗词曲风味译法

有韵体诗词曲风味译法注意使用一些传统诗词曲中诗味比较浓郁的词汇，同时注意遣词不偏僻，节奏比较明快，音韵也比较和谐。但是，它们并不是严格意义上的传统诗词曲，只是带点诗词曲的风味而已。例如：

女巫甲　何时我等再相逢？

　　　　　闪电雷鸣急雨中？

女巫乙　待到硝烟烽火静，

　　　　　沙场成败见雌雄。

女巫丙　残阳犹挂在西空。　　　　　　　（《麦克白》第一幕第一场）

小丑甲　当时年少爱风流，

　　　　　有滋有味有甜头；

　　　　　行乐哪管韶华逝，

　　　　　天下柔情最销愁。　　　　　（《哈姆莱特》第五幕第一场）

朱丽叶　天未曙，罗郎，何苦别意匆忙？

　　　　鸟音啼，声声亮，惊骇罗郎心房。

　　　　休听作破晓云雀歌，只是夜莺唱，

　　　　石榴树间，夜夜有它设歌场。

　　　　信我，罗郎，端的只是夜莺轻唱。

罗密欧　不，是云雀报晓，不是莺歌，

　　　　看东方，无情朝阳，暗洒霞光，

　　　　流云万朵，镶嵌银带飘如浪。

　　　　星斗如烛，恰似残灯剩微芒，

　　　　欢乐白昼，悄然驻步雾嶂群岗。

　　　　奈何，我去也则生，留也必亡。

朱丽叶　听我言，天际微芒非破晓霞光，

　　　　只是金乌，吐射流星当空亮，

　　　　似明炬，今夜为郎，朗照边邦，

　　　　何愁它曼托瓦路，漫远悠长。

　　　　且稍待，正无须行色皇皇仓仓。

罗密欧　纵身陷人手，蒙斧钺加诛于刑场；

　　　　只要这勾留遂你愿，我欣然承当。

　　　　让我说，那天际灰朦，非黎明醒眼，

　　　　乃月神眉宇，幽幽映现，淡淡辉光；

　　　　那歌鸣亦非云雀之讴，哪怕它

　　　　嚣然振动于头上空冥，嘹亮高亢。

　　　　我巴不得栖身此地，永不他往。

　　　　来吧，死亡！倘朱丽叶愿遂此望。

　　　　如何，心肝？畅谈吧，趁夜色迷茫。

（《罗密欧与朱丽叶》第三幕第五场）

二、有韵体现代文白融合译法

有韵体现代文白融合译法的特点是：基本押韵，措辞上白话与文言尽量能够水乳交融；充分利用诗歌的现代节奏感，俾便能够念起来朗朗上口。例如：

哈姆莱特 死，还是生？这才是问题根本：

莫道是苦海无涯，但操戈奋进，

终赢得一片清平；或默对逆运，

忍受它箭石交攻，敢问，

两番选择，何为上乘？

死灭，睡也，倘借得长眠

可治心伤，愈千万肉身苦痛痕，

则岂非美境，人所追寻？死，睡也，

睡中或有梦魇生，唉，症结在此；

倘能撒手这碌碌凡尘，长入死梦，

又谁知梦境何形？念及此忧，

不由人踌躇难定：这满腹疑情

竟使人苟延年命，忍对苦难平生。

假如借短刀一柄，即可解脱身心，

谁甘愿受人世的鞭挞与讥评，

强权者的威压，傲慢者的骄横，

失恋的痛楚，法律的耽延，

官吏的暴虐，甚或默受小人

对贤德者肆意拳脚加身？

谁又愿肩负这如许重担，

流汗、呻吟，疲于奔命，

倘非对死后的处境心存疑云，

惧那未经发现的国土从古至今
无孤旅归来，意志的迷惘
使我辈宁愿忍受现世的忧闷，
而不敢飞身投向未知的苦境？
前瞻后顾使我们全成懦夫，
于是，本色天然的决断决行，
罩上了一层思想的惨淡余阴，
只可惜诸多待举的宏图大业，
竟因此如逝水忽然转向而行，
失掉行动的名分。　　　　　（《哈姆莱特》第三幕第一场）

麦克白　若做了便是了，则快了便是好。
若暗下毒手却能横超果报，
割人首级却赢得绝世功高，
则一击得手便大功告成，
千了百了，那么此际此宵，
身处时间之海的沙滩、岸畔，
何管它来世风险逍遥。但这种事，
现世永远有裁判的公道：
教人杀戮之策者，必受杀戮之报；
给别人下毒者，自有公平正义之手
让下毒者自食盘中毒肴。　　　（《麦克白》第一幕第七场）

损神，耗精，愧煞了浪子风流，
都只为纵欲眠花卧柳，
阴谋，好杀，赌假咒，坏事做到头；

心毒手狠，野蛮粗暴，背信弃义不知羞。

才尝得云雨乐，转眼意趣休。

舍命追求，一到手，没来由

便厌腻个透。呀恰，恰像是钓钩，

但吞香饵，管教你六神无主不自由。

求时疯狂，得时也疯狂，

曾有，现有，还想有，要玩总玩不够。

适才是甜头，转瞬成苦头。

求欢同枕前，梦破云雨后。

唉，普天下谁不知这般儿歹症候，

却避不得便往这通阴曹的天堂路儿上走！

（十四行诗第一百二十九首）

三、无韵体白话诗译法

无韵体白话诗译法的特点是：虽然不押韵，但是译文有很明显的和谐节奏，措辞畅达，有诗味，明显不是普通的口语。例如：

贡妮芮　父亲，我爱您非语言所能表达；

胜过自己的眼睛、天地、自由；

超乎世上的财富或珍宝；犹如

德貌双全、康强、荣誉的生命。

子女献爱，父亲见爱，至多如此；

这种爱使言语贫乏，谈吐空虚：

超过这一切的比拟——我爱您。（《李尔王》第一幕第一场）

李尔　国王要跟康沃尔说话，慈爱的父亲

要跟他女儿说话，命令、等候他们服侍。

这话通禀他们了吗？我的气血都飙起来了！
火爆？火爆公爵？去告诉那烈性公爵——
不，还是别急：也许他是真不舒服。
人病了，常会疏忽健康时应尽的
责任。身子受折磨，
逼着头脑跟它受苦，
人就不由自主了。我要忍耐，
不再顺着我过度的轻率任性，
把难受病人偶然的发作，错认是
健康人的行为。我的王权废掉算了！
为什么要他坐在这里？这种行为
使我相信公爵夫妇不来见我
是伎俩。把我的仆人放出来。
去跟公爵夫妇讲，我要跟他们说话，
现在就要。叫他们出来听我说，
不然我要在他们房门前打起鼓来，
不让他们好睡。　　　　　　　（《李尔王》第二幕第二场）

奥瑟罗　诸位德高望重的大人，
我崇敬无比的主子，
我带走了这位元老的女儿，
这是真的；真的，我和她结了婚，说到底，
这就是我最大的罪状，再也没有什么罪名
可以加到我头上了。我虽然
说话粗鲁，不会花言巧语，
但是七年来我用尽了双臂之力，

直到九个月前，我一直
都在战场上拼死拼活，
所以对于这个世界，我只知道
冲锋向前，不敢退缩落后，
也不会用漂亮的字眼来掩饰
不漂亮的行为。不过，如果诸位愿意耐心听听，
我也可以把我没有化装掩盖的全部过程，
一五一十地摆到诸位面前，接受批判：
我绝没有用过什么迷魂汤药、魔法妖术，
还有什么歪门邪道——反正我得到他的女儿，
全用不着这一套。　　　　　　（《奥瑟罗》第一幕第三场）

目　录

《驯悍记》导言

　　小说家弗拉基米尔·纳博科夫（Vladimir Nabokov）说过，"真实"一词只有放在引号里面才有意义。物理学家的"真实"不同于生物化学家的"真实"，世俗人文主义者的"真实"不同于原教旨主义者的"真实"，可不可以说，女性的"真实"也不同于男性的"真实"呢？如果天生的性别差异这一概念被认为仅仅是偏见，成了思维的禁区（还姑且不论分子生物学和神经解剖学所揭示的"真实"），在这种文化里面，《驯悍记》就不可能是莎士比亚最受欢迎的剧目之一。它所刻画的女性顺从给人们的自由情感带来尴尬，亦如在大屠杀后刻画夏洛克（Shylock）[1] 带来同样的尴尬。从表面上看，它所提倡的理想女性是娴静而温顺的，有点儿性格的女性要通过身心受虐的方式加以"驯服"，手段必定包括：饥饿法、理智剥夺法，以及专制国家里采用的"真实"扭曲法。

　　在乔治·奥维尔（George Orwell）的《1984》（*Nineteen Eighty-Four*）中，奥布赖恩（O'Brien）折磨温斯顿·史密斯（Winston Smith）时问道："我伸出了几根手指？"在这个"真实"里面，正确的答案不是折磨者伸出的手指数目，而是他说他伸出的数目。完全可以类比的是，凯特在与

1　夏洛克:《威尼斯商人》（*The Merchant of Venice*）中的人物，是犹太人。——译者附注

世隔绝的乡间住宅里被驯服，没有邻居能听见她的呼喊，之后，夫妻俩
回到位于帕度亚的娘家，在路上有这么一幕：

彼特鲁乔　我说那是月亮。

凯特　　　它分明就是月亮。

彼特鲁乔　错，你胡说，它是神圣的太阳。

凯特　　　上帝保佑，它就是神圣的太阳。

　　　　　　如果你说不是太阳，它就不是太阳，

　　　　　　你的心情变化跟月圆月缺一模一样。

　　　　　　你高兴叫它什么它就是什么，

　　　　　　凯瑟丽娜保证妇随夫唱。

霍坦西奥　彼特鲁乔，真有你的，你赢了一场大胜仗。

她已经屈服于丈夫的意志，准备随时表现对丈夫的热爱、侍奉和服从。
她知道自己的地位，"一个女人要感谢她的丈夫，／要像臣民对君王一样
尽忠尽职。"她主动提出，要把手放在丈夫的脚底下。悍妇被驯服了。

　　显然，对于该剧残酷的结尾，莎士比亚晚年的合作者、年轻的剧作
家约翰·弗莱彻（John Fletcher）认为有必要还击一下。他写了一部续篇：
《妇女之友》（*The Woman's Prize; or, The Tamer Tamed*），讲的是彼特鲁乔
在凯特死后续弦，结果发现这位妻子给他品尝自己种下的苦果，用一个
屡试不爽的高招——拒绝跟他睡觉——使他屈服。凯特的妹妹比恩卡在
性别大战中扮演了上校的角色，妇女们获胜，这样就证明了在莎剧中彼
特鲁乔凌虐第一任妻子的行为实在是愚蠢的。

　　在莎士比亚时代，认可男人为一家之长绝对是正统的观点，就像认
可君主是国家的元首、上帝是宇宙之王一样。《暴风雨》（*The Tempest*）
中普洛斯彼罗（Prospero）的女儿米兰达（Miranda）多了几句嘴，父亲

就说："我的脚教训起我来啦？"言下之意就是：男人是头，女儿是脚，正如《科利奥兰纳斯》（*Coriolanus*）中的平民只不过是共和国的"大脚趾"。凯特准备把手给男人踩踏了，这是把社会等级与身体层次转化为舞台形象。但是，她走得更远，超出了自己应尽的职责：妻子不应该匍匐在男人的脚下，而应该是家庭的心脏。彼特鲁乔没有欢庆胜利，只是说："吻我，凯特"（全剧第三次如是说）；借此，科尔·波特（Cole Porter）[1] 重构了该故事，创作了格调欢乐的同名音乐剧。

纳博科夫把"真实"放在引号里，并非因为他是文化相对主义者，而是因为他是唯美主义者。换言之，他并不相信艺术是一面镜子，只是反映了已经实际存在的"真实"。艺术形成了我们认知自己和认知世界的方式。"坠入爱河"不仅仅是大脑中的分子起了变化，而且是一系列习得的行为——来自小说、舞台（现在是荧屏）以及文化记忆的浪漫虚构故事——在共同作用。艺术名作的诀窍之一是把关注点转移到作品本身的"虚假"特性，进而吊诡地声称，其"真实"如同受众的日常生活一样真。莎士比亚爱好的戏中戏和世界如舞台的影射，莫扎特（Mozart）聪明地引入歌剧中的一些老套程式，还有纳博科夫神奇的文字游戏，都起了这个作用。

但是，艺术家有时采用相反的技巧，给作品加上引号，意思就是说："别把它当真，不要把冒充误认为'真实'。"《驯悍记》就是这样一件作品，克利斯朵夫·斯赖的开场戏把全剧放在了引号里，它让这个喝醉了酒的补锅匠一系列的幻想成真：他是贵族，他有个年轻貌美的妻子，他可以享受声色场面，一个职业戏班子专门为他演戏，演一出"人世间的故事"，好让他在"心旷神怡"的同时，也教教他如何驯服悍妻。但是，

---

1 科尔·波特（1891—1964）：美国音乐家，1948 年改编《驯悍记》为音乐剧《吻我，凯特》（*Kiss Me, Kate*），风靡百老汇，为其经典之作。——译者附注

斯赖不是贵族，陪同他看戏的"妻子"不是女人，而是个男扮女装的男童——这也提醒我们，在莎士比亚的戏剧天地里，受彼特鲁乔欺凌的凯特也不是女人，而是男扮女装的童伶。这个框架的效果就是"间离"了舞台行动，暗示它并不反映"真实"的正常婚姻关系。如果斯赖不是贵族，侍童不是妻子，全剧也不是驯悍了。

在现存的脚本里，斯赖和侍童在第一幕第一场后不再出现，这大概是因为莎士比亚的剧团还不够庞大，耗费不起几个演员从头到尾坐在楼座里当观众。1594 年匿名出版了一部《驯悍记》（悍妇前面用的是不定冠词 a），它似乎是该剧的某种改编、重构或者变体，却保留了克利斯朵夫·斯赖的这个"框架"，以简短的插曲、尾声贯穿全剧。该剧结尾是补锅匠回家，声称学到了驯悍的本领，知道如何对付老婆了。但是酒保却比他更清醒："你今晚在这里做梦，会遭你老婆痛打。"宿醉的斯赖驯服不了任何人，他回家后会讨得老婆的一顿好打。凯特的劝妇调提出了父权社会的理想婚姻，但在不定冠词版的《驯悍记》中，斯赖夫妇的婚姻却揭示了空想与"真实"的距离。它暗含的结局表明：由于女性占了上风，"真实"生活中的妻子是不会沉默而且顺从的，戏剧也不可能教导丈夫如何把妻子驯服得服服帖帖。

我们不需要用匿名版《驯悍记》的尾声来观照便知莎士比亚的结尾比初看上去更为复杂、更具反讽意味。霍坦西奥在追求比恩卡的过程中技穷，转而为钱娶了寡妇，后者刚有点儿桀骜不驯，就被凯特上了一课。这段著名的"女诫"前半部分用单数，是凯特专门讲给寡妇听的，而不是针对所有女性："**你的**夫君是你的监护人，也是你的生命、你的主子，／还是你的头儿、你的君主。他关爱你，"其字里行间的反讽并非总被领会：对比凯特的训示，在这桩婚姻中，是妻子——富有的寡妇——为霍坦西奥提供了"生计"，丈夫免受挣面包之苦。在凯特看来，丈夫从妻子那里渴求的是爱情、服从与美丽的容姿，妻子"亏欠夫君那么多，而给予的回报如此低"。但是观众知道，这里的亏欠方是霍坦西奥。另外，他自己先前也说过，他不再对传统的女性特征——美丽的容姿——感兴趣了，他要的只是钱。凯特的"女诫"听起来怪得很，与他们的婚姻毫不相干，却要给他们的婚姻提建议。

再就是凯特的妹妹。彼特鲁乔的"御妻学校"被取笑的时候，路森修和霍坦西奥正乔装为家庭教师来努力接近比恩卡。有一场戏是路森修化装为拉丁语教师追求比恩卡，她在言辞上毫不示弱，且乐于与这个冒牌教师就奥维德（Ovid）[1] 的情色之作《爱的艺术》（*The Art of Love*）打情骂俏。这种关系提供了一个以相互倾慕与赞同为基础的求偶与婚姻模式。比恩卡摆脱了16世纪她那个阶级妇女的共同命运，即由父亲为她选择配偶，比如富翁葛莱米奥。更有可能的是，比恩卡在夫妻关系中最终会取得决定性地位。她不像寡妇那样去聆听凯特的"女诫"，也在最后的舞台交锋中压倒了丈夫。像《无事生非》（*Much Ado about Nothing*）里面的贝特丽丝（Beatrice）一样，她在玩弄文字游戏方面胜于她的男人。人们有理由怀疑她是否与冒牌的而不是"真实的"路森修更般配，也就是那个聪明伶俐的仆人特拉尼奥，是他推动着情节的发展，不时还几乎抢了戏里的风头。

尽管凯特屈服了，但是双线结构保证了该剧并非简单的为驯悍申辩。而且，凯特真的屈服了吗？或者她的屈服只是她与彼特鲁乔从头玩到尾的游戏的一部分？剧场观众关注他们的而不是其他人的婚姻。一个女性，如果有凯特般的活力，会对像路森修这样传统的恋人感到厌倦。凯特和彼特鲁乔很般配，因为他们都是"胆汁质"的气质，其火暴脾气使他们

1　奥维德（Ovid）：古罗马诗人，著有《爱的艺术》（亦译《爱经》）。——译者附注

相互吸引，也使我们入迷。他们似乎从第一次私下接触就知道是天造地设的一对了，当时还合开了一个口交的玩笑（"我的舌头舔在你的尾巴上"）。"两股怒火若在一起碰撞"，婚姻生活将不会轻松，但也不会枯燥，这不是一个消极被动的妻子。在20世纪，这两个角色似乎是专为理查德·伯顿(Richard Burton)和伊丽莎白·泰勒(Elizabeth Taylor)[1]所设置的。

参考资料

剧情：一贫如洗的补锅匠克利斯朵夫·斯赖喝醉了酒，被从酒馆里赶出后倒地睡去。一位贵族把他抬回家去戏耍作弄，谎称他自己就是贵族，一个戏班子专门为他上演《驯悍记》。主剧就这样开场了。寻财的霍坦西奥、老富翁葛莱米奥和初来乍到的路森修都希望追到漂亮的比恩卡，但是她在泼妇姐姐凯特出嫁之前不能嫁人。彼特鲁乔发誓要追凯特，一是获得她的嫁奁，二是挑战她那可怕的恶名。霍坦西奥和路森修都化装为家庭教师，获得了接近比恩卡的机会，而仆人特拉尼奥冒名顶替路森修，扮演了主子的角色。姗姗来迟、穿着极不得体的彼特鲁乔娶了凯特，把她带到乡间住宅，通过各种剥夺的手段来"驯服"她。特拉尼奥说服一位旅行路过的教师假扮路森修的父亲文森修来为其财力背书。当真正的文森修出现的时候，闹了一场误会，最终路森修与比恩卡修成正果，美满结合。霍坦西奥娶了富裕的寡妇，彼特鲁乔和凯特回娘家，展示凯特已经变了一个人。

1　理查德·伯顿（1925—1984）：英国影星。伊丽莎白·泰勒（1932—2011）：出生于英国，美国影视明星。1962年，两人在主演《埃及艳后》(Cleopatra)时擦出爱情的火花，之后合作14次，包括1967年主演的《驯悍记》(The Taming of the Shrew)。戏如人生，他们两度结婚，又两度离婚，这对欢喜冤家互相折磨了22年，直到伯顿去世。——译者附注

主要角色：（列有台词行数百分比／台词段数／上场次数）彼特鲁乔（22%/158/8），特拉尼奥（11%/90/8），凯特（8%/82/8），霍坦西奥（8%/70/8），巴普提斯塔（7%/68/6），路森修（7%/61/8），格鲁米奥（6%/63/4），葛莱米奥（6%/58/6），贵族（5%/17/2），比昂台罗（4%/39/7），比恩卡（3%/29/7），斯赖（2%/24/3），文森修（2%/23/3），老学究（2%/20/3）。

语体风格：诗体约占 80%，散体约占 20%。

创作年代：通常认为这是莎士比亚最早期的作品之一。如果 1594 年 5 月登记出版的四开本《驯悍记》（不定冠词本）是该剧的衍生文本而不是来源本（见下），该剧有可能早于 1592 年夏天起剧场关闭的大瘟疫时期，更具体的日期不可考。

取材来源：序幕中乞丐摇身一变进入奢华的剧情是歌谣与民俗的传统主题；家有悍妻在法国早期故事诗、其他形式的民间故事以及古典喜剧中也是常见的；古代智者苏格拉底（Socrates）据说娶了悍妇，名叫詹蒂碧（Xanthippe）；向比恩卡求婚的故事衍生自乔治·加斯科因（George Gascoigne）的《求婚者》（*Supposes*, 1566），它是卢多维科·阿里奥斯托（Ludovico Ariosto）的《求婚者》（*I Suppositi*, 1509）的散文译本。后者是典型的意大利文艺复兴时期的喜剧，深受古罗马喜剧家普劳图斯（Plautus）和特伦斯（Terence）的影响。有学者认为，《驯悍记》（不定冠词本，1594）是莎士比亚源头剧的盗版，但也有人认为它是莎剧的改编，剧中包括克利斯朵夫·斯赖这个框架，对凯特的驯服（驯服者名字不一样）

和大相径庭的比恩卡副线。

文本： 1623 年的对开本是唯一的权威文本，它似乎是根据手稿誊清本照排的，也许这个手抄本保留了莎士比亚手稿的某些痕迹。1594 年的四开本《驯悍记》（不定冠词本）应该被看作独立的作品，但是它与《驯悍记》（定冠词本）在有些地方极为相近，因而可供后者校订时所用。

乔纳森·贝特（Jonathan Bate）

驯悍记

克利斯朵夫·**斯赖**，醉酒的乞丐/补锅匠
贵族
女店主
侍童，名叫巴塞洛缪
众演员
众猎户
众仆人

> 均为序幕
> 中的人物

巴普提斯塔·米诺拉，帕度亚绅士
凯特（凯瑟丽娜），巴普提斯塔之大女儿，"悍妇"
比恩卡，巴普提斯塔之小女儿
彼特鲁乔，维洛那的绅士，凯特的求婚者
路森修，爱恋比恩卡（乔装为拉丁语家教"坎比奥"）
文森修，路森修之父，从比萨来的商人
葛莱米奥，比恩卡的求婚者，年长
霍坦西奥，彼特鲁乔之友，比恩卡的求婚者（乔装为音乐家教"李提奥"）
特拉尼奥，路森修的仆人
比昂台罗，为路森修服务的侍童
格鲁米奥
寇提斯 } 彼特鲁乔的仆人
老学究
寡妇
裁缝
帽商
仆人、信差各数人（彼特鲁乔的仆人有**纳撒尼尔、约瑟夫、尼古拉斯、菲利普与彼得**）

序幕

第一场　/　第一景

英格兰乡村

乞丐与女店主上，乞丐名叫克利斯朵夫·斯赖

斯赖　　老子要揍你啊！

女店主　一副脚枷把你枷了去，你个无赖！

斯赖　　你个贱货，斯赖家不出无赖。你查史书去，俺家是跟随征
　　　　　服者理查[1]打过来的。总之，少废话[2]，让这个世界消停一下，
　　　　　闭嘴[3]！

女店主　你打碎的杯子都不赔了？

斯赖　　不赔，一个子儿也不赔。算了吧，圣哲罗尼米[4]，钻进冷被
　　　　　窝里自个儿暖和去。

女店主　知道怎么治你了，俺叫教区巡警去。　　　　　　　　　下

斯赖　　乡巡警、镇巡警、市巡警来了也不怕，咱们法庭上见。俺
　　　　　一寸也不让，小子。让他来，随便！（他倒地睡去）

号角吹起。贵族打猎归来，率扈从上

1　斯赖也许把狮心王理查（Richard Coeur-de-lion）与征服者威廉（William the Conqueror）搞
　混了。
2　少废话（*paucas pallabris*）：讹自西班牙语，意为"简言之"。
3　闭嘴（Sessa）：意为"闪开"（用于打猎中的呼喊）或者"安静"。
4　圣哲罗尼米（Saint Jeronimy）：斯赖把圣哲罗姆（Saint Jerome）与杰罗尼莫（Hieronimo）搞
　混了，后者是托马斯·基德（Thomas Kyd）的《西班牙悲剧》（*The Spanish Tragedy*）中的一个
　人物，他提醒自己："杰罗尼莫，小心！算了吧，算了！"。

贵族	猎户，吩咐你细心伺候众猎犬，
	母犬[1]"快乐汉"，可怜白沫翻，
	且把"克劳德"与汪汪叫的母犬一起拴。
	曾见否，小子？那只"银毛"犬
	在篱笆角把失踪猎物的气味嗅回还。
	这条狗给咱二十镑钱也不换。
猎户甲	嗨，老爷，表现不错的还有"贝尔曼"，
	有两次气味稀薄它叫唤，
	不然那猎物气味全消散，
	相信俺，它胜过那条"银毛"犬。
贵族	你真蠢，"回声"犬若是脚力健，
	我看顶得上十二条"贝尔曼"。
	好生喂来好生养，
	明日狩猎听调遣[2]。
猎户甲	是，老爷。
贵族	（看见斯赖）这是什么？死人，还是醉汉？摸摸他还有没有呼吸？
猎户乙	还有口气，老爷。他若不是灌满了淡啤，
	哪能在这冰冷的床上睡得这么热气？
贵族	啊，吓人的野兽，他躺在那里活活像头彘，
	难看的死尸，你肮脏恶心的样子也不过如此。
	诸位，我要对醉汉来一番嬉戏，
	你们觉得怎么样？如果抬他上床去，

1　原文 Brach，意为"母狗"，但 Merriman 似乎更像是一条公狗的名字，有些校订者修订为 breathe，即 give breathing space to，这样语法上也通顺。

2　原文 again 未直译，为押韵勉强译为"听调遣"。——译者附注

浑身穿华[1]服，双手戴戒指，
床头摆上可口的小吃，
身边站着好看的仆役，
当乞丐醒来，他是否还记得自己？

猎户甲 相信俺，老爷，他绝对会忘记自己。
猎户乙 他醒来后肯定惊奇不已。
贵族 权当是南柯梦异想天开，
开好这玩笑，把他抬起来，
轻轻地往最好的卧室摆。
墙壁上挂图画活泼可爱，
香热水洗净他头上尘埃，
房间内焚香木沁脾开怀，
差人去置乐器候他醒来，
奏音乐甜蜜蜜响彻云霭。
若是他恰好欲把金口开，
服侍他毕恭毕敬勿慢怠，
说："老爷吩咐只管道来。"
派一人举银盆齐眉相待，
玫瑰水泡花瓣芬芳多彩。
一人捧水壶，一人提毛巾，
说："老爷净手我来揩[2]。"
另一人持华服身旁等待，
请示他穿衣服有何安排。
又言他猎犬良驹陈下陔，

---

1 华（sweet）：意为"令人愉快的／有香水味的"。
2 "我来揩"为押韵所引申的衍文。——译者附注

贵夫人为他把身子哭坏，
只因他犯疯病遭此一灾，
疯子若承应，托言梦里来，
他本是一贵族威震四海。
小的们，就这样，自然合拍，
沉住气，别过火，戏莫走歪，
似这般娱乐至极甚矣哉。

猎户甲　　老爷，我保证每个人认真对待，
演好角色。他一觉醒来后，
我们说他是啥他就是啥来。

贵族　　　（若干男仆抬斯赖下）轻轻起，轻轻地把他往床上抬，
各就位，各司其职等候他醒来。

（号角齐鸣）

小子[1]，去看看，那边厢号角声响，　　　　　一男仆下
或许是有贵族往这边来，
过过路歇歇脚在此扎寨。

男仆重上

喂，谁来了？

男仆　　　启禀老爷，来了一班戏子
愿意为老爷效力。

众演员上

贵族　　　吩咐他们过来。——啊，伙计们，欢迎欢迎。

众演员　　谢谢老爷。

贵族　　　诸位打算在此地过夜吗？

演员乙　　如果老爷您肯赏光看戏。

1　小子（Sirrah）：复数同上文的"小的们"（sirs），用于称呼下人。

贵族	欢迎啊。这张面孔好熟悉。
	他曾扮演农夫的大儿子，
	向淑女求婚展示好演技。
	到如今却把你的名字来忘记，
	只记得角色演得自然合戏理。
演员甲	老爷，您说的那个角色是索托吧。
贵族	就是他。你的演技真突出。
	真是巧，你们今天来鄙府，
	我手头有料正要找乐趣，
	实指望诸位演技能相助。
	今晚赏戏的嘉宾有贵族，
	他行为奇怪举止又唐突。
	诸位的自控能力我忧虑，
	那贵族老爷不曾看戏剧，
	演员们忍不住笑场失误，
	会将他冒犯。我再三叮嘱，
	你们一笑他就烦躁恼怒。
演员甲	老爷甭担心，我们能管控自己，
	哪怕他就是世间的奇人怪物。
贵族	（对一男仆）来人，领他们去膳食坊，
	殷勤款待，热烈欢迎，
	倾尽所有来供应。
	你，给我去找侍童巴塞洛缪，
	叫那厮着女装 [1]，扮花容，
	再领他到醉汉的卧室中，

右侧：一男仆领众演员下

---

1 原文 all suits，意为"各个方面"，与"外套"之义形成双关。

你对他口称夫人执礼恭，
要我宠爱他——传我令——
他必须端庄稳重丽人行，
也曾见在日常生活中
像贵妇那样对老爷恭敬，
如此这般把醉汉侍奉，
屈膝谦恭，轻启娇声，
说，"老爷有话吩咐一声，
您卑微的妻子欣然从命，
尽尽本分，秀秀爱情。"
诱吻多情，娇羞相拥，
俯首低头他怀中，
见老爷身体复康宁，
大喜过望泪盈盈。
七年来，他自以为家穷，
沦为乞丐人恨憎。
倘若侍童不具做女人的本领，
令眼泪随叫随到似雨倾，
洋葱一颗能管用，
悄悄包在手帕中，
眼眶一拭泪花涌。
这件事，快去办，
回来再把命令听。　　　　　　　　　　　一男仆下
知那厮扮女人风情万种，
身段优步态雅雌音见功，
想听他对醉汉叫声老公。
下人们向村夫行礼致敬，

也实在难免喷场笑出声。
我不免亲临指点，方可能
抑制住过分发达的笑神经 [1]，
若不然这场戏难免要失控。   众人下

第二场 / 景同前 [2]

醉汉斯赖、贵族及众侍从自高处上，一些人手执衣服、脸盆、水壶等物件

斯赖　　看在上帝的分上，来一罐淡啤酒。

男仆甲　老爷，您要喝一杯西班牙的白葡萄酒吗？

男仆乙　老爷，您要尝一尝这些甜点吗？

男仆丙　老爷，您今天穿什么衣服？

斯赖　　俺是克利斯朵夫洛·斯赖 [3] 呀，别老爷来老爷去的，俺一辈
　　　　　子也没有喝过什么白葡萄酒。如果给我甜点，倒不如来
　　　　　点儿盐腌牛肉，也别问我今天穿什么衣服，俺是有背没
　　　　　有紧身夹克，有腿没有长袜，有脚没有鞋子，不，有时
　　　　　候是脚比鞋子多，或者是脚比鞋子大，脚指头都露在外
　　　　　面呢。

贵族　　上苍啊，请祛除您身上的疯魔怪影！

1　笑神经（spleen）：以前，人们以为脾（spleen）控制笑神经。
2　大多数版本认为场景从"酒馆外面"转换到"贵族府邸一卧室"，但是文本本身却暗示序幕
　　的场景都是在贵族府邸，只是从室外（主舞台）移至室内（舞台高处）。
3　克利斯朵夫洛·斯赖（Christophero Sly）：克利斯朵夫·斯赖的变体。——译者附注

	老爷他出身高贵，赫赫声名，

老爷他出身高贵，赫赫声名，

资产丰厚人尊敬，

如今却邪魔附体患疯病。

斯赖　　啥，您要叫俺疯掉吗？俺不就是克利斯朵夫·斯赖，打伯顿希思[1]来的老斯赖的儿子，生来是个小贩，学了门做羊毛梳子的手艺，后来也驯过熊，如今却是个补锅匠。去问一问玛丽安·哈克特，就是温考特[2]酒馆里的胖老板娘，看她认识俺不？她要是不说光算酒钱俺就欠她十四便士，就算俺是基督徒里最能撒谎的无赖。啥，俺不是神志不清！这儿是——

男仆丙　　啊，您夫人正为此不尽心伤！

男仆乙　　啊，仆人们也为此万分沮丧！

贵族　　见老爷患怪病疯狂，

亲戚们趋避之不来拜访，

老爷呀，您出生高贵怎能忘，

召回被放逐的理智思想，

再驱逐卑微的幻觉想象。

看哪，您的仆人伺候在旁，

一个个各司其职听命忙。

来点儿音乐吧，请听，阿波罗[3]抚琴，（音乐起）

二十只笼中夜莺在放声歌唱。

再睡一会儿？我们来搀扶您

1　伯顿希思（Burtonheath）:可能是埃文河畔斯特拉特福（Stratford-upon-Avon）镇附近的村庄，意为"荒野上的伯顿"。
2　温考特（Wincot）：埃文河畔斯特拉特福镇以南四英里处的村庄。
3　阿波罗（Apollo）：希腊神话中的音乐之神。

到那边躺椅下榻，细软温香
胜过塞弥拉弥斯[1]风情万种的御床。
如果您想散步，灯芯草路面铺上，
如果您要骑马，骏马已着装，
鞍辔镶金嵌珠闪闪亮。
想放鹰狩猎，您的猎鹰直冲穹苍，
高过清晨的云雀；或者驱狗狩猎，
您的猎犬吠声声震野旷，
山谷里尖锐的回声隆隆响。

男仆甲 猎野兔吧，您的格雷伊猎犬迅猛异常，
快如牡鹿，把小鹿抛在后方。

男仆乙 您爱看画吗？我们立刻摆上
阿多尼斯[2]在奔流的小溪旁，
维纳斯在莎草丛中把身藏，
那莎草随风起舞摇曳晃荡，
像感应了女神的呼吸一样。

贵族 我们给您看一幅伊俄[3]姑娘
如何被诱拐，如何猝不及防，
那情形跟活着的一模一样。

男仆丙 或者看达佛涅[4]往荆棘林中逃亡，
双腿被荆棘划得鲜血直淌，

1 塞弥拉弥斯（Semiramis）：传说中的亚述女王（亚述系西南亚底格里斯河流域的古国），以骄奢淫逸著称。
2 阿多尼斯（Adonis）：古典神话中爱神维纳斯（Venus）所追求的美男子猎人，在狩猎中被野猪咬死后，维纳斯把他变成银莲花。
3 伊俄（Io）：古典神话中的少女，被宙斯（Zeus）（又名朱庇特[Jupiter]）劫色并变成小母牛。
4 达佛涅（Daphne）：古典神话中被阿波罗追求的少女，她祈祷求助后被变成月桂树。

見此情景阿波罗泪流心伤，
那血泪竟然画得毫发不爽。

贵族　您是位贵族，不折不扣，
您太太的美貌不同凡响，
在这世风日下的时代已成绝唱。

男仆甲　虽然她的眼泪为您流淌，
像凶猛的洪水淹没美丽的脸庞，
她的美貌也举世无双，
到今天还不遑多让。

斯赖　俺是贵族？还有这么一位太太？
我是在梦中？还是睡到现在才从梦中醒来？
这不是在睡觉：我看得见听得清说话口能开，
摸到柔软物，闻到甜味来。
天哪，我确实是贵族，
既不是补锅匠，也不是克利斯朵夫·斯赖。
好吧，快去给我请太太，
再说一声，先上一罐最淡的啤酒来。

男仆乙　恭请老爷在此净净手，
神志恢复众人欢乐多。
啊，但愿您能辨认出自我，
这十五年却在睡梦中度过，
即使醒来您也像是在睡着。

斯赖　一觉十五年！天哪，好长一个盹儿，
难道我就不曾说话吭声？

男仆甲　说话哩，老爷，可尽是乱语胡言，
您明明下榻在美丽的房间，
却总说被追打到门外面。

与店主叨叨絮絮在酒馆，

要把她告上庄园的法院，

她不用夸脱杯，酒坛¹上也无量足的标签。

您还把西塞莉·哈克特呼唤，

斯赖 不错，那女的是酒馆的服务员。

男仆丙 哎呦，老爷，您哪知道什么酒馆，什么服务员，

这些全是您自演自编，

什么斯蒂芬·斯赖，还有希腊²的老约翰·纳普斯，

什么彼得·图尔夫，还有亨利·品泼纳尔，

还有二十来个这样的儿男，

谁也不认识，谁也不曾见。

斯赖 感谢上帝，我终于痊愈！

众人 阿门。

侍童扮贵妇率众侍从上

斯赖 谢谢你们，待会儿都有赏。

侍童 老爷过得可好？

斯赖 天哪，吃得好，喝得好，当然过得好。³ 我老婆呢？

侍童 我就是，老爷有何吩咐？

斯赖 你是我的老婆，怎么不叫我一声老公？

仆人才称呼我老爷，可我是你的夫君。

侍童 老爷是我的夫君，夫君就是我的主人，

我是您百依百顺的妻子。

---

1 原文 stone jugs，意为"石壶"，不像密封的夸脱杯，上面没有官方封印来保证里面啤酒的容量。（此处译为"酒坛"。——译者附注）

2 原文 Greece 疑为 Greet 之讹，后者是离斯特拉特福不远的一个小村庄。

3 原文 fare 和 cheer 都与"吃、喝"的意思相关。

斯赖	知道了。——我该怎么称呼她呢？
贵族	夫人。
斯赖	夫人艾丽斯，还是夫人琼？
贵族	只称夫人，老爷对贵妇们都这么称呼。
斯赖	老婆夫人，他们说我浑然一梦十五年， 囫囵一觉到今天。
侍童	是哦，失去了床笫之欢， 对我像是三十年熬煎。
斯赖	太委屈你了。喂，你们都起过一边， *众侍从下* 夫人宽衣解带，我们上床安眠。
侍童	倍加高贵的老爷啊，恳求您 宽恕为妻一两晚， 至少挨到日落西山边， 因为您的医生明确把话言， 夫妻只得爱河相隔，不把房圆， 以免您疯病复发有危险。 不知道这条理由立不立得住？
斯赖	立得住，它一直在这儿立着，让俺好难挨。[1] 实在讨厌回到 过去的噩梦中，俺也只好忍住些欲火耐心等待。

一信差上

信差	老爷的戏班子，欣闻您痊愈， 来上演一出轻松的喜剧， 医生们也认为极其合适： 躁狂本因忧郁起， 悲伤多致血脉闭。

1　此句暗指"我的阴茎竖着"及"勃起的硬度"。

> 他们说赏戏多有益，
> 调调补补心旷神怡，
> 延年益寿把百病祛。

斯赖　那好，叫他们开演吧。"喜戏"[1]是不是圣诞节玩的把戏，或者翻几个跟头的玩意儿？

侍童　我的好老爷，不是的，是更有趣的玩意儿[2]。

斯赖　什么！是演房中的事么？

侍童　是演人世间的故事。

斯赖　好，我们看戏吧。来，老婆夫人，坐到我的身边来，（他们坐下）让世界消停去吧，我们要趁现在年轻。（喇叭奏花腔）

1　喜戏（comonty）：斯赖把 comedy（喜剧）和 gambol（娱乐）念混了。

2　玩意儿（stuff）：下一句中斯赖将按 household stuff，即"家具"（furnishings）的字面意思回答。（此处意译。——译者附注）

第 一 幕

第一场 / 第二景

帕度亚

路森修[1] 与仆人特拉尼奥上

路森修　　特拉尼奥，既然美丽的帕度亚

　　　　　　乃文艺之乡[2]，早令我心往神驰，

　　　　　　如今我踏上了富庶的伦巴第[3]，

　　　　　　巍巍意大利的花团锦簇之地。

　　　　　　也是家严的一片爱心与好意，

　　　　　　凭借着他老人家的应允与你的陪侍，

　　　　　　我忠实的仆人，诸事进展顺利。

　　　　　　咱们在此地安顿下来，兴许

　　　　　　能求学进修来增才益智。

　　　　　　家父与我均出生在比萨市，

　　　　　　那也是学风闻名遐迩之地。

　　　　　　家父文森修出身望族本提沃利[4]，

　　　　　　发家致富四海经商留足迹。

　　　　　　我在佛罗伦萨长大，作为文森修的儿子，

　　　　　　不辱父命，也不枉费财力，

1　路森修（Lucentio）：人名，寓意"光"，正好与比恩卡（"白 / 美"）相配。

2　文艺之乡（nursery of arts）：帕度亚大学是欧洲最古老的大学之一。

3　伦巴第（Lombardy）：帕度亚并不在伦巴第，这里大概泛指意大利北部地区。

4　本提沃利（Bentivolii）：意大利的大家族之一，来自博洛尼亚（Bologna）而不是比萨。

就必须品行端正有出息。
所以，特拉尼奥，我想一心一意
把哲学与道德文章来研习。
尤其是通过学习做人的道理，
把人生幸福来获取。
说说你的想法吧，我离开比萨市，
来到帕度亚，好比脱离了浅池，
纵身跃入汪洋大海里，
像满足焦渴一样满足求知欲。

特拉尼奥　我的好少爷，冒昧听我说 [1]，
我也有同样的感觉。
很高兴您决心继续攻读哲学，
要把甜蜜的精华来吮啜。
只是少爷呀，我们一边研学
道德原则与做人美德，
请不要古板，或做一个斯多葛 [2]，
切勿服膺亚里士多德 [3] 的制约，
而把奥维德的爱经统统忘却。
熟人之间辩论来点儿逻辑学，
日常对话不妨讲些修辞格，
诗歌音乐让您生动活泼，
再加上数学与形而上学，
只要您胃口好、撑不破，

1　原文 *Mi perdonato*，意大利语，意为"对不起"。
2　斯多葛（stoics）：要求严格者，主张清心寡欲。
3　亚里士多德（Aristotle）：古希腊哲学家。

　　　　　　　寓学于乐益处多 [1]：

　　　　　　　所以，少爷，哪样喜欢哪样学。

路森修　　多谢，特拉尼奥，你的建议合理也合情，

　　　　　　　等到比昂台罗进了城，

　　　　　　　我们立刻就实行，

　　　　　　　还要在帕度亚把房子租赁，

　　　　　　　以后结交些朋友好宴请。

　　　　　　　且慢，那边来了些什么人？

特拉尼奥　少爷，他们要演一出戏，欢迎我们进城。

巴普提斯塔携女儿凯瑟丽娜与比恩卡 [2]、傻老头 [3] 葛莱米奥、比恩卡的求婚者霍坦西奥上。路森修与特拉尼奥站立一旁

巴普提斯塔　两位先生，别再与我多理论，

　　　　　　　要知道我早已下定决心。

　　　　　　　大女儿若是未完婚，

　　　　　　　二女儿不能先嫁人。

　　　　　　　如果你俩谁对大女儿凯瑟丽娜倾心，

　　　　　　　既然我中意，大家又是熟人，

　　　　　　　就可以大大方方来求婚。

葛莱米奥　（旁白？）让大车拉她去游街吧，[4] 咱实在受不了。

　　　　　　　喂，喂，霍坦西奥，你要不要妻子？

凯特　　　（对巴普提斯塔）求您啦，爹，您想让

1　此句化自贺拉斯（Horace）的名言 he who has mixed usefulness with pleasure has gained every point（把益处和乐趣结合，则好处多多）。

2　比恩卡（Bianca）：意大利语，意为"白"。

3　意大利喜剧中常出现的傻老头。

4　当时惩罚妓女通常用大车载她游街。

	这些臭男将 [1] 把我将死 [2]？
霍坦西奥	"臭男将"，姑娘？这是什么意思？
	除非你温柔贤惠，否则无人会将就娶你。
凯特	先生放心，你甭害怕，
	她一时半会儿还不想嫁给你，
	不然的话，她的想法你甭怀疑，
	一定会用三脚凳给你梳梳头，
	染个血花脸去演小丑没问题。
霍坦西奥	啊，恶魔遍地，上帝拯救我们离开这里！
葛莱米奥	还有我呢，上帝！
特拉尼奥	（旁白。对路森修）嘘，少爷！要上演一场好戏。
	那姑娘简直疯了，不然，她倔强得可以。
路森修	（旁白。对特拉尼奥）我看见另一位姑娘文文静静，
	贤淑节制真是好脾气。
	肃静，特拉尼奥！
特拉尼奥	（旁白。对路森修）好的，少爷，不作声，让您观饱看足。
巴普提斯塔	两位先生，我说话算数，
	比恩卡，你先进去。
	别为这事来生气，好闺女，
	爹对你的喜爱如当初。
凯特	漂亮宝贝心肝！最好去
	手指抠眼眶——号哭——只要哭得出。
比恩卡	姐，我不开心你心欢，

---

1 臭男将（mates）：意为"家伙"，取"丈夫"之义做文字游戏。

2 将死（stale）：stale 意为"诱饵/笑柄/妓女"，与象棋术语"无子可动"（stalemate）形成双关。（且用"将"的一词多义试译。——译者附注）

	爹，您的主张我照办，	
	且与琴书去做伴，	
	弹琴看书自排遣。	
路森修	听啊，特拉尼奥，说话的好像是弥涅耳瓦——智慧女神。	
霍坦西奥	巴普提斯塔先生，您为何亲疏两分？	
	我们的一番好意让比恩卡如此伤心，	
	实在抱歉得很。	
葛莱米奥	为何将令爱锁入闺门，	
	巴普提斯塔先生，难道她得罪了凶神，	
	要为泼妇的摇舌受责问？	
巴普提斯塔	两位先生请放心，我就这样做了主。——	
	比恩卡，进去吧。——	比恩卡下
	我知道这姑娘最大的兴趣	
	是在音乐、乐器与诗赋。	
	我正想在寒舍延聘私塾，	
	找合适她年龄的人来相授。霍坦西奥，	
	葛莱米奥先生，此等名师如果你们人熟，	
	请不吝推荐。对才俊来者不拒，	
	我一定以礼相待供奉优裕，	
	好让孩子接受良好的教育。	
	好，再见了。——凯瑟丽娜，你留步，	
	我还有几句话要给你妹妹叮嘱。	下
凯特	为啥？我以为我也可以走人，干吗得留下？什么，我得听	
	别人安排时间，貌似我还不知道带啥留啥似的？哼！	下
葛莱米奥	你还是去找恶魔的老娘吧。你的条件这么好，这里谁也留	
	不住你。——女人的爱没什么了不起，霍坦西奥，咱们回	
	去袖手等待，把忍耐的日子过得自在，只是咱俩的蛋糕都	

成了面疙瘩[1]。再见了。可是出于对可爱的比恩卡的喜爱，若是能找到一个合适的人教她功课，而且她也喜欢，我一定推荐给她父亲。

霍坦西奥 我也会的，葛莱米奥先生。还讲一句话，我俩虽是情敌，却从未谈过合作，要知道，也请考虑，我们有着共同的利益——为了接近美丽的比恩卡而再次成为幸福的情敌——我们需要在一件事情上携手努力。

葛莱米奥 请往下说。

霍坦西奥 先生啊，就是为她的姐姐找个丈夫。

葛莱米奥 找个丈夫？找个魔鬼去吧。

霍坦西奥 我说找个丈夫。

葛莱米奥 我说找个魔鬼。霍坦西奥，你想一想，虽然她的父亲非常富有，可是又有谁会傻到那个地步，娶个恶魔把家里变成地狱呢？

霍坦西奥 哎，葛莱米奥，虽然我俩受不了她的咆哮，可是，老兄，这世界上就是有些好男人喜欢听这种号声[2]，只要钱到位，会连人带缺点照单全收的，就看找不找得到。

葛莱米奥 我可说不准，我要贪图那份嫁妆而娶她，就让人绑在市中心的十字架上，每天上午让人用鞭子抽去。

霍坦西奥 的确，常言道，烂苹果堆里挑选余地小。得啦，既然巴普提斯塔的一条家规让我俩成了好朋友，咱们暂且结盟，先帮他的大女儿找个男人结婚，这样他家二女儿才能解放出来好嫁人，我们也好重新竞争。可爱的比恩卡！男人成功

---

1 即我们两个人都失败了。

2 原文 alarums，意为"噪声"，现按字面意思"军号"翻译。——译者附注

方有福！跑得快才能得金戒 [1]。你觉得怎么样，葛莱米奥先生？

葛莱米奥 我同意。谁要是去把大女儿追到手，我乐意把帕度亚最好的马送给他，一股脑儿求婚、结婚、圆房，早点儿把她扫地出门。走吧。

> 葛莱米奥与霍坦西奥下。特拉尼奥与路森修留场

特拉尼奥 少爷，请您告诉我，爱情
怎么可以突然征服一个人？

路森修 特拉尼奥啊，如果不是亲身
经历，我一直难以置信。
你看哦，傻傻的我看得出神，
痴痴的爱 [2] 不期降临。
你是我的心腹，也是我的亲人，
我一五一十地向你承认，
就像迦太基女王向安娜 [3] 吐露内心，
我若得不到那个端庄的年轻女人，
特拉尼奥啊，我会燃烧、憔悴、化为灰烬。
出出主意吧，特拉尼奥，我知道你一定行，
帮帮我吧，特拉尼奥，我知道你会应允。

特拉尼奥 少爷，责备您已来不及，
爱火入胸骂不熄，

---

1 金戒（ring）：影射骑士骑马比武，选手要用长矛把铁圈勾起来。与"结婚戒指"、"阴道"形成双关。
2 原文 love in idleness，与 love-in-idleness（三色紫罗兰）形成双关，据说该花能够激发爱情。（双关义"三色紫罗兰"未译出。——译者附注）
3 迦太基女王狄多（Dido, Queen of Carthage）向妹妹安娜（Anna）吐露心事，说自己爱上了埃涅阿斯（Aeneas）。

> 身心被俘人难已，
>
> 即时赎身最便宜。[1]

路森修　　多谢，好小子。说下去，有道理，

　　　　　既中听，又宽心，字字句句合我意。

特拉尼奥　　少爷，您对那位姑娘如此留恋，

　　　　　恐怕忽视了一条至为关键。

路森修　　啊，没有，我看到她美丽的脸蛋

　　　　　恰似少女欧罗巴[2]的容颜，

　　　　　为了亲吻她的手，朱庇特放下身段

　　　　　跪倒在克里特岛的海滩。[3]

特拉尼奥　　此外，您有没有看到她姐姐的坏脾气，

　　　　　动辄责骂，起风波于平地，

　　　　　吵吵嚷嚷，凡人的耳朵怎能敌？

路森修　　特拉尼奥，我看见她的朱唇微启，

　　　　　她的呼吸让空中弥漫着香气，

　　　　　我看到的一切是那么地神圣与甜蜜。

特拉尼奥　　（旁白）不好，他入迷沉溺，叫醒他正是时机。——

　　　　　少爷醒醒，您如果爱慕这女子，

　　　　　就应该动点儿心思把她搞到手里，

　　　　　她如今有个悍妇姐姐坏脾气，

　　　　　她的父亲若不能把她嫁出去，

　　　　　您的爱人也只好终老做处子，

1　原文 *Redime te captum quam queas minimo*（用最小的赎金给自己赎身），拉丁语，常出现在
　伊丽莎白时期通行的语法课本中，不准确地引用自特伦斯剧作《宦官》(*Eunuchus*)。

2　欧罗巴（**Europa**）:提尔国王（**King of Tyre**）的女儿，为朱庇特所爱，后者化作白牛来引诱她。

3　神话中，欧罗巴被带往克里特岛，而不是来自该岛。

于是她被父亲锁在家里，
免得求婚者惹她害相思。

路森修　啊，特拉尼奥，她的父亲多么心狠！
不过你是否听见他在找寻
能够教授女儿的名师才俊？

特拉尼奥　是的，少爷，啊，妙计已上心头。

路森修　我也有了，特拉尼奥。

特拉尼奥　少爷，我敢断定
咱俩是不谋而合方略同。

路森修　你先说吧。

特拉尼奥　您要应聘
去心上人的府上做西宾。
如此便是您的计谋。——

路森修　是啊，这事可有门儿？

特拉尼奥　没门儿。谁来给您做替身，
把文森修的公子来担任，
在帕度亚主持家政做学问，
结交乡党招待朋友宴来宾？

路森修　行了[1]。你放心，我已成竹在胸，
你我初来乍到不曾拜访走动，
当地谁能分清咱俩谁是仆从，
谁是主人？如此这般计谋定：
你顶替我统领仆从主持家政，
我要易名改姓，扮作佛罗伦萨人，
或者那不勒斯人，或者比萨的落魄书生。

1　行了（*Basta*）：意大利语，意为"足够"。

特拉尼奥，计谋定，速执行，
快脱下衣服，戴上我的彩[1]帽，披着我的斗篷。
（二人互换衣服）
比昂台罗到来把你侍奉，
我先叮嘱他几句，免得他的舌头松。

特拉尼奥 好的，从命。
少爷，既然是您的意愿，立刻执行，
咱的职责就是服从——
临行前老爷对我叮咛：
"勤勤恳恳把少爷侍奉。"
虽然他讲的不是这个情形——
我愿意变成路森修，
因为我深爱路森修。

路森修 特拉尼奥，就这样吧。恋爱了，路森修，
我要变成奴隶，去把那姑娘追求，
她那惊鸿一现，俘获了我受伤的眼球[2]。

比昂台罗上

那个狗奴才来了。小子，你哪里去了？

比昂台罗 我哪里去了？哎，慢着，你们这哪是哪？少爷，特拉尼奥
偷了您的衣服，还是您偷了他的衣服？还是你们俩你偷我
的、我偷你的？请告诉我，究竟怎么啦？

路森修 小子，过来，咱没工夫跟你打趣，
你的行为举止要识时务，
特拉尼奥为救我出手相助，

---

1 伊丽莎白时期，主人穿着鲜艳，仆人穿着素净，通常为蓝色制服。
2 受伤的眼球（wounded eye）：即眼球被爱神丘比特（Cupid）的箭穿透。

扮着我的样子，穿着我的衣服，

好让我穿上他的，逃脱追捕，

只因我上岸后，与他人生龃龉，

愤而杀之却害怕被认出。

命令你服侍他合乎规矩，

我且离别去，天涯亡命苦。

你听清楚了？

比昂台罗　　我，老爷，还是一点儿也不清楚。

路森修　　　你一声特拉尼奥也不能称呼，

特拉尼奥已经变成路森修。

比昂台罗　　他倒变好了，但愿我也这样变一变！

特拉尼奥　　我也但愿如此啊。小子，我的下一个心愿——

路森修与巴普提斯塔的小女儿喜结良缘。

不是为了我，而是为少爷，你听我建言，

举止恰当小心服侍我在人前，

私下里俺是特拉尼奥，你的同伴，

转身就是路森修，你得把少爷唤。

路森修　　　特拉尼奥，咱们走吧。还有一件事情你要去办，你也和他
们一起，做个求婚人，如果要问我缘故，那可是一时半会
儿说不完。　　　　　　　　　　　　　　　　　　众人下

（高台上的看客说话了）

男仆甲　　　老爷，您在打瞌睡了，您没看戏啊？

斯赖　　　　天哪，我在看着呢。好戏啊。

后面还有吗？

侍童　　　　老爷，才开始呢。

斯赖　　　　真是一部杰作，太太夫人。

我却巴不得已经演完！（他们坐着看戏）

第二场　/　景同前

彼特鲁乔与仆人格鲁米奥[1]上

彼特鲁乔　暂别名城维洛那[2]，
　　　　　　访友来到帕度亚。
　　　　　　霍坦西奥好朋友，
　　　　　　此间就是他的家。
　　　　　　哎，我说，格鲁米奥，敲敲吧。

格鲁米奥　敲敲，先生？我该敲敲谁呀？有谁得罪[3]大爷了？

彼特鲁乔　混蛋，我说，帮我在这里敲打出点儿声音来。

格鲁米奥　帮您敲打这里吗，大爷？哎呀，我是谁，怎么敢敲打敲打
　　　　　　大爷您呢？

彼特鲁乔　混蛋，我说，帮我在这里好好敲敲门，
　　　　　　不然就敲得你小子的脑袋疼。

格鲁米奥　大爷要吵架，先把您敲打，
　　　　　　敲完比脑袋，看谁先开花。

彼特鲁乔　还没有敲吗？
　　　　　　小子，不敲门就把你的铃子摁[4]，
　　　　　　爷听听你的叫唤入不入调门。（拧他的耳朵）

1　格鲁米奥（Grumio）：人名，寓意"马夫"，即男仆。
2　维洛那（Verona）：意大利北部一城市。
3　得罪（rebused）：系近音误用 abused 一词。
4　铃子摁（ring）：即摁一个圆形的门环或门铃，与下一句舞台提示词"拧他的耳朵"形成双关。

格鲁米奥	救命，大姐[1]，救命！大爷疯了。
彼特鲁乔	哎，听吩咐，去敲啊，混账小子。

霍坦西奥上

霍坦西奥	吵什么？啊，是老朋友格鲁米奥、好朋友彼特鲁乔吗？大家在维洛那一向可好？
彼特鲁乔	霍坦西奥先生，你是来劝架的么？ 嗨，很高兴见到你[2]。
霍坦西奥	尊敬的彼特鲁乔先生，欢迎光临寒舍。[3] 请起，格鲁米奥，请起。这场争吵咱们和解了吧。
格鲁米奥	没事，先生，他跟您说那一串拉丁语也不算个事。先生，请您评评理，看我不干这份差事算不算犯法：他叫我敲打他，还要敲出点儿声音来。这个，仆人怎么能这样对待主人呢？也许就我看来，他像是玩三十一点的牌却获得了三十二点[4]——喝多了一点[5]。 天哪，我要是狠狠地先敲谁， 格鲁米奥就不会吃这个亏。
彼特鲁乔	没头没脑的东西！好霍坦西奥， 叫这个家伙敲你的门， 费了半天劲儿也不听指挥。
格鲁米奥	敲门？啊，天哪！您明明说，"小子，帮我在这里敲敲，在

---

1 大姐（mistress）：有些校订者把该词修订为 masters。
2 原文 Con tutto il cuore, ben trovato，意大利语，格鲁米奥似乎听不懂，以为是拉丁语（下一句同）。
3 原文 Alla nostra casa ben venuto, molto honorata signor mio Petruchio，意大利语。
4 三十二点（two and thirty）含有多层含义：（1）做得过分；（2）神志不清；（3）喝醉了（三十一点是一种纸牌游戏，集满的纸牌达到三十一点即获胜；也是醉酒的一种说法）。
5 一点（pip）：纸牌上的一点。

　　　　　　　这里敲打，使劲儿敲，敲出点儿声音来"。到了这会儿又
　　　　　　　说，"敲门"！

彼特鲁乔　　奴才，滚！要么闭上你的嘴。

霍坦西奥　　彼特鲁乔，耐心些，你们之间闹是非，

　　　　　　　格鲁米奥我担保，这是场误会，

　　　　　　　老仆人忠实可靠言谈诙。

　　　　　　　好了，好朋友，是阵什么好风

　　　　　　　把你从维洛那往帕度亚方向吹？

彼特鲁乔　　这阵风把年轻人吹往世界各地，

　　　　　　　离开家乡寻找自己的运气，

　　　　　　　广博文长见识就不能待在家里。

　　　　　　　简言之，霍坦西奥先生，我的情形是这样的：

　　　　　　　家父安东尼奥不幸仙逝，

　　　　　　　我将身来到这迷宫之地，

　　　　　　　寻找一位妻子宜家宜室，

　　　　　　　家中有财产，兜里有金币[1]，

　　　　　　　就出来见世面长知识。

霍坦西奥　　彼特鲁乔，让我明明白白地告诉你，

　　　　　　　叫你讨一房妻子凶悍还有臭脾气，

　　　　　　　你大概不会谢谢我的好意。

　　　　　　　倘若许诺你这是一房富贵妻，

　　　　　　　非常富有，以我俩的朋友情义，

　　　　　　　又实在不愿意叫你把她来迎娶。

彼特鲁乔　　霍坦西奥先生，我俩之间的情谊，

　　　　　　　几句话哪里说得完。如果你认识

1　金币（Crowns）：亦音译为"克朗"。——译者附注

哪个富婆，配做彼特鲁乔的妻子——

因为财富是我跳求婚舞的伴奏贝斯——

哪怕她丑得像弗洛伦提乌斯[1]的丑老婆子，

老得像西比尔[2]，凶悍泼辣坏脾气

像是或超过苏格拉底的妻子詹蒂碧，

那也不妨事，至少我对她的情意

不会磨去，哪怕她狂躁的性子

像亚得里亚的海浪汹涌不息。

我来到帕度亚，为的是娶个富婆妻，

老婆富，我在这里就会称心如意。

格鲁米奥　对不对，您听听，先生，他的想法可说是直言不讳，只要给他足够的金钱，他就可以娶个木头人，或者装饰玩偶[3]，或者头上不剩一颗獠牙的老巫婆，哪怕是她身上的疾病比五十二匹马合在一起的还要多。嗨，只要钱到位，什么都可以。

霍坦西奥　彼特鲁乔，既然咱俩话说到这个时分，

前头的玩笑不妨开成真，

我可以帮你找女人成亲，

她极其富有，靓丽青春，

是受过良好教育的女郎君，

只是有个缺点难容忍，

她凶悍泼辣，桀骜不驯，

1　弗洛伦提乌斯（Florentius）：约翰·高尔（John Gower）《一个情人的忏悔》（Confessio Amantis）中的骑士，他同意娶一个丑老婆子为妻，条件是破解与他性命攸关的谜语。

2　西比尔（Sibyl）：古代女预言家；在古典神话中，阿波罗赐予古米的西比尔（Sibyl of Cumae）长寿，她手中有多少粒沙子，她就能活多少年，但没有赐予她青春。

3　装饰玩偶（aglet-baby）：装饰绳带末端的金属或塑料小人像。

怎么形容也不过分。

我即使哪天生活大不如今，

倒贴一座金矿也不愿意把她娶进门。

彼特鲁乔　静一静，霍坦西奥！你还不知道金钱的作用，

且告知她父亲的大名，

我就去登上她的小艇[1]，

哪怕她骂起人来像秋天的电闪雷鸣。

霍坦西奥　巴普提斯塔·米诺拉是她的父亲，

这是个和蔼可亲、彬彬有礼的士绅。

她自己名叫凯瑟丽娜·米诺拉，

在帕度亚靠一条骂人的舌头打天下。

彼特鲁乔　虽然我不认识她，

却知道先父与她父亲有接洽，

今晚睡觉之前我要见见她。

霍坦西奥，请允许我失礼胆儿大，

刚刚见面就说分别的话，

除非你也陪我去见她。

格鲁米奥　求求您，先生，趁他心血来潮，让他去吧。我把话撂这儿
了，如果那位小姐也像我一样那么了解他，就会知道对他
来说骂是不怎么管用的，或许骂他十来个混账什么的都不
算个事儿。他如果发作起来，什么好听不好听的话[2]都骂得
出来。我这么跟您说吧，先生，如果对他稍有不顺从，他
就会逮住什么就是什么往她脸上砸，叫她要多难看就有多

1　登上……小艇（board）：意为"交接"（海军暗喻，指袭击敌船），与"和……性交"形成双关。
2　好听不好听的话（rope-tricks）：也许是格鲁米奥想说 rhetoric 或者 rope rhetoric，或者暗指
　值得用绞刑惩罚的花招。

难看，让她的眼睛比猫儿还要瞎。先生，您不了解他。

霍坦西奥　等一等，彼特鲁乔，我也要和你一起去，

巴普提斯塔的府上藏有我的宝物，

那是我生命里的宝玉，

漂亮的比恩卡，他的小女儿

如今被他严密地看管监护，

不让我和其他求婚对手与之接触。

这件事情颇为难办之处，

在于无人愿把凯瑟丽娜迎娶，

由于她有我说的那些缺点之缘故。

因此巴普提斯塔把这样的措施采取：

谁也不许接近他的小女儿，

除非泼妇凯瑟琳 [1] 找到丈夫。

格鲁米奥　泼妇凯瑟琳！

一个姑娘家什么头衔也没有这个难听。

霍坦西奥　彼特鲁乔好朋友，你可否帮我一个忙，

让我换上一身素净的衣裳，

到巴普提斯塔的面前，装扮成教师的模样，

举荐说我精通音乐，教授他的二姑娘。

我出此计策是寻个好时光，

把心底的悄悄话儿给她讲，

做一个神鬼不知独占花魁的情郎。

葛莱米奥与乔装改扮的路森修上

格鲁米奥　这个计策没坏水！瞧，为了欺骗老家伙，年轻人凑在一起
想尽了心思。大爷，大爷，您瞧瞧，谁来了？哈哈！

1　凯瑟琳（Katherine）：凯瑟丽娜（Katherina）的变体，昵称凯特（Kate）。——译者附注

霍坦西奥	安静点儿，格鲁米奥，我的情敌来了。
	彼特鲁乔，靠边稍站片刻吧。（他们退至一旁）
格鲁米奥	（旁白）一个年轻的帅哥儿，好不风流倜傥!
葛莱米奥	（对路森修）哦，很好，我仔细研究了这些书名。
	先生，听着，我要请人来精美装订
	这些爱情书籍。无论如何你要记清，
	其他东西就不要讲给她听，
	我的意思你全听懂?
	巴普提斯塔把束脩提供，
	我再给你加上一份馈赠。
	（给路森修书单）
	连同这张纸，熏得香喷喷，直往闺房送，
	可怎比小姐她香气盛。
	你准备读些什么给她听?
路森修	我给她读的全是代您诉衷肠，
	主人家您且把心宽放，
	就像自己一直在她跟前一样，
	咱巧舌如簧言辞更漂亮，
	除非大爷您也把学者当。
葛莱米奥	啊，这学问做得真是好!
格鲁米奥	（旁白）啊，这老驴简直是笨鸟!
彼特鲁乔	肃静，小子!
霍坦西奥	格鲁米奥，别出声。——上帝保佑你，葛莱米奥先生。
葛莱米奥	真高兴见到你，霍坦西奥先生。
	你猜我往哪里去? 巴普提斯塔·米诺拉府上行，
	我曾经给他许诺，要觅迹寻踪，
	为美丽的比恩卡找一位教书先生，

也是我时来运转福高升，

巧遇这位年轻人，学问深、品行正，

与小姐的需求不差毫分，[1] 他诗书精，

别的书籍样样通，好书呢，我向你保证。

霍坦西奥　好的。我遇到朋友，举荐一位西宾，

把另外一门课程应允，

他是个不错的乐师，可教小姐弹琴。

凡是小姐的事情，咱可没怠慢毫分，

美丽的比恩卡呀，我的心上人。

葛莱米奥　我的心上人，我的行为可以做证。

格鲁米奥　（旁白）他的钱袋可以做证。

霍坦西奥　葛莱米奥，咱们这会儿不要吃醋争风，

你听我说，如果你对我说话尔雅温文，

告诉你个消息，对你我的好处两均分，

我巧遇的绅士就是这位豪俊，

他的条件[2] 只要我俩应允，

就会向泼妇凯瑟琳求婚，

是的，如果嫁奁丰盛，还会拜堂成亲。

葛莱米奥　说到做到才算好。霍坦西奥，

有没有跟他把姑娘的缺点讲清楚？

彼特鲁乔　我知道她是个令人生厌、吵吵闹闹的长舌妇，

先生们，如果只是这些缺点，我看没什么害处。

葛莱米奥　朋友，没什么害处吗？请问你来自何处？

彼特鲁乔　我出生在维洛那，老安东尼奥是家父。

1　此句的双关含义"适合性交"未译出。——译者附注

2　霍坦西奥后来解释说，他和葛莱米奥要分担彼特鲁乔向凯特求婚的费用。

他不幸去世，留给我一笔财富，

我指望过好日子，天长地久不知足。

葛莱米奥　　啊，先生，讨这样的老婆能过好日子真是稀奇，

如果你真有这种胃口，天啊，那就去吧。

但凡有难处，我一定出力。

你真的要与那头野猫子结为夫妻？

彼特鲁乔　　有何不可？[1]

格鲁米奥　　（*旁白？*）他要是不去提亲，我就吊死那头野猫子。

彼特鲁乔　　若不为这个目标，我干吗往这儿跑？

你以为一点点吵闹能让我掩耳而逃？

难道我生来就没听过狮子咆哮？

也不曾听见大海里风卷浪高，

像发狂的野猪一样尖声怒叫？

难道我没听见过战场上开炮，

欲与晴空霹雳比声高？

难道我没有在摆阵交战中听到

杀声震天，战马长啸，军号嘹嘈？

而你们却讲一个女人的舌头如何得了，

实不及一个农夫拿栗子在火中烤，

毕毕剥剥炸裂的声音一半高。

呸！呸！编点儿恐慌把小孩吓跑。

格鲁米奥　　他可是什么都不怕。

葛莱米奥　　霍坦西奥，你听听：

这位贵客高高兴兴地来到这里，

我想，他自己得好处，也符合你的利益。

1　即当然。

霍坦西奥	那么，他求婚的费用及开支，
	由我们两人共同出资。
葛莱米奥	这个自然，只要他能娶她回去。
格鲁米奥	要是我还得设一个丰盛的饭局。

特拉尼奥盛装乔装为路森修与比昂台罗上

特拉尼奥	上帝保佑你，列位先生，请允许我斗胆借问，
	欲登巴普提斯塔·米诺拉先生的门，
	我走哪条路最近？
比昂台罗	他有两个漂亮的女儿，您说的是不是他老人家？
特拉尼奥	正是，比昂台罗。
葛莱米奥	先生，听你好像去找他的女儿——[1]
特拉尼奥	也许找她，也许找她的父亲，先生，这与你有何相干？
彼特鲁乔	总之，不是那个爱骂人的女儿吧？
特拉尼奥	先生，爱骂人的女人我不爱。比昂台罗，咱们走吧。
路森修	（旁白）特拉尼奥，你开了个好头。
霍坦西奥	先生，先别走，请问一句：
	刚才说的那个小姐，你是去提亲吗，是还是不是？
特拉尼奥	先生，就算是的，会开罪你吗？
葛莱米奥	如果你不再多言就走远些的话，不会。
特拉尼奥	为啥，先生？大街朝天路条条，
	你也能走我也能。
葛莱米奥	她不是你也能找我也能找的。
特拉尼奥	请问什么原因？
葛莱米奥	你要知道，这个原因么——
	她是葛莱米奥先生的意中人了。

1　此处暗示省略 woo 一词，但有些校订者把 to 一修订为 too？。

霍坦西奥	她是霍坦西奥先生的意中人了。
特拉尼奥	各位爷们，大家都是君子，要讲斯文，
	听我说句公道话，给点儿耐心：
	巴普提斯塔是位高贵的士绅，
	与家父交情也有好几分，
	既然他的女儿长得非常俊，
	就可以多我一人来提亲。
	勒达的女儿[1] 美丽绝伦有千人来求婚，
	漂亮的比恩卡门前为何不能加一人？
	帕里斯[2] 虽说是鳌头独占结秦晋，
	路森修却希望公平竞争来比拼。
葛莱米奥	这老兄一张嘴就把我们比下去了。
路森修	放马让他去，他会半途而废的。
彼特鲁乔	霍坦西奥，咱们尽说这些有何作用？
霍坦西奥	先生，请允许我斗胆发问，
	你是否见过巴普提斯塔的千金？
特拉尼奥	没有呢，先生，只听说他的女儿有两人，
	一个是出了名的舌头骂人狠，
	另一个美丽端庄天下闻。
彼特鲁乔	先生，先生，大女儿我定了，再莫提及。
葛莱米奥	是的，这任务就留给我们的赫剌克勒斯[3]，
	只怕比那十二项伟绩还要艰巨。
彼特鲁乔	这位先生，听我把事情说清楚：

1　勒达的女儿（Leda's daughter）：即特洛伊的海伦（Helen of Troy），传说是世上最美丽的女子。
2　帕里斯（Paris）：特洛伊王子，从海伦丈夫那里拐走她。
3　赫剌克勒斯（Hercules）：在希腊神话中，赫剌克勒斯完成了十二项似乎不可能完成的任务。

你要去追求的这位二女儿，

被锁在家里，不让求婚者接触，

她父亲不把她嫁出去，

除非大女儿洞房花烛，

二女儿才能获得自由，就是这个顺序。

特拉尼奥　　既然如此，这位急公好义的先生，

包括小弟在内，我们都欠你一个人情，

你迎娶大小姐是为我们做善事，破坚冰，

方能使二小姐女大不留中，

虽说是幸运之人三生有幸，

合卺日无不对你感激涕零。

霍坦西奥　　这位大爷话儿说得明，道理摆得清，

既然你也以求婚人自称，

也应该像我们一样酬谢这位先生，

大家无不仰仗他的汗马之功。

特拉尼奥　　先生，小弟不敢怠慢，考虑岂能欠周，

今天下午就请诸位饮杯酒，

为小姐的健康干杯喝个够。

虽说是律师出庭乃对手，

争斗完吃吃喝喝是朋友。

格鲁米奥和比昂台罗　　啊，真是好提议！伙计们，咱们走。

霍坦西奥　　这个提议真是妙，确实好，

彼特鲁乔，我来给你做东道 [1]。　　　　　　　　　　　众人下

1　东道（ben venuto）：意大利语，意为"欢迎"，这里引申为"主人"。

第二幕

第一场 / 第三景

凯瑟丽娜与比恩卡上，比恩卡双手反绑

比恩卡 好姐姐，别把你我都错怪，

别委屈妹妹给你当奴才，

我不干，请把妹妹的手解开，

金银首饰一件一件给你解，

是的，还有衣服，只有内裙要除外，

姐要哪样就哪样，

妹妹全按姐姐的吩咐来。

凯特 快快如实对我全招来，

哪个男士最中你心怀？

比恩卡 相信我，好姐姐，我看这世界上的男孩

也没有哪个长得特别帅，

本小姐一个都不青睐。

凯特 野丫头，你撒谎，他难道不是霍坦西奥？

比恩卡 姐姐，你要是喜欢他，我赌咒

一定帮你们把姻缘成就。

凯特 哦，那你一定是图钱财，

叫葛莱米奥把你养起来。

比恩卡 难道是因为他，你把我小瞧？

不，你是在开玩笑，我如今才知道，

你一直和我在开玩笑。

　　　　　　　凯特姐姐，求你把我的双手松开掉。
凯特　　　如果那是开玩笑，接着再把玩笑开。（打她）
巴普提斯塔上
巴普提斯塔　哎，怎么啦，丫头？你怎么这般放肆？
　　　　　　　比恩卡，且站到一边，可怜的姑娘，她在哭泣。
　　　　　　　去做针线活儿，别跟她掺和在一起。
　　　　　　　真丢脸，没出息，你这恶魔般的脾气，
　　　　　　　干吗欺负她，她又没有欺负你？
　　　　　　　干吗招惹她，她不曾拿话挤对你？
凯特　　　她一声不吭就是对我的嘲弄，我要报复。（追打比恩卡）
巴普提斯塔　什么，竟敢在我面前撒泼？比恩卡，快进去。　　比恩卡下
凯特　　　什么？您受不了我？方领悟
　　　　　　　她是您掌上明珠，会找个好丈夫，
　　　　　　　她成亲日，让我打赤脚跳舞[1]，
　　　　　　　您宠爱她，我牵猴子下地狱[2]。
　　　　　　　别和我说话，让我找个地方坐下痛哭，
　　　　　　　等着我，总有一天要报复。　　　　　　　　　　下
巴普提斯塔　问哪位先生有我这般酸楚？
　　　　　　　看看谁来了？
葛莱米奥、扮成寒士的路森修，彼特鲁乔率扮成乐师的霍坦西奥，与特拉尼奥率侍童比昂台罗携琴、书上
葛莱米奥　早上好，巴普提斯塔邻居。
巴普提斯塔　早上好，葛莱米奥邻居。
　　　　　　　上帝保佑你们，先生们！

1　打赤脚跳舞（dance barefoot）：传统上，这是未婚姐姐的命运。
2　牵猴子下地狱（lead apes in hell）：民谚认为，老处女因为没有孩子在天堂牵着，只得如此。

彼特鲁乔　　　也保佑您，老先生。请问您是否膝下有女

　　　　　　　名叫凯瑟丽娜，人长得俊秀又贤淑？

巴普提斯塔　　先生，凯瑟丽娜正是我的女儿。

葛莱米奥　　　你也太直截了当了，完全不讲外交辞令。

彼特鲁乔　　　你这可不对，对不起，葛莱米奥先生。——

　　　　　　　（对巴普提斯塔）老先生，在下来自维洛那城，

　　　　　　　久闻令爱才貌，有美名，

　　　　　　　妩媚娇羞，和蔼端庄，

　　　　　　　举止温柔，天资出众，

　　　　　　　故不揣冒昧把贵府登，

　　　　　　　待亲眼目睹小姐芳容，

　　　　　　　传闻始信，亦不虚此行，

　　　　　　　俺登门没有别的敬，

　　　　　　　举荐一位教书先生，

　　　　　　　（介绍霍坦西奥）

　　　　　　　他音乐数学样样精，

　　　　　　　知小姐学识根底硬，

　　　　　　　就这样把小姐教定，

　　　　　　　如蒙不弃，请收留这位先生，

　　　　　　　他名叫李提奥[1]，曼图亚[2]出生。

巴普提斯塔　　欢迎两位贵客来自远方，

　　　　　　　说起女儿凯瑟丽娜，恐怕高攀不上，

　　　　　　　咱自知这是心头的一块忧伤。

彼特鲁乔　　　也许是父女们难舍难分，

1　李提奥（Litio）：人名，被第二对开本及后续版本修订为 Licio。
2　曼图亚（Mantua）：意大利北部一城市。

或者看不中我这样的人。

巴普提斯塔　请勿见怪，我说的都是实情，

先生来自何处，请教尊姓大名？

彼特鲁乔　我叫彼特鲁乔，先父安东尼奥，

他的名字在意大利无人不晓。

巴普提斯塔　知道知道，欢迎欢迎，原来是贤侄来到。

葛莱米奥　彼特鲁乔，你的话儿没完没了，

也让我们几个求婚者絮叨絮叨，

往后站站[1]，你锲而不舍怎得了。

彼特鲁乔　我巴不得早些得手，对不起，葛莱米奥。

葛莱米奥　先生，我毫不怀疑，但是，你会诅咒这次求婚的。——（对巴普提斯塔）邻居，我相信这件礼物很合适。承蒙您多年对我另眼相看，我也同样略表敬意，特地引荐这位青年学者，（介绍路森修）他在兰斯[2]留学多年，精通希腊语、拉丁语等多种语言，就像那位对音乐与数学一样精通，他叫坎比奥[3]，请允许他为您效劳。

巴普提斯塔　多谢，葛莱米奥先生。

欢迎你，好坎比奥。——

（对特拉尼奥）尊敬的先生，你看上去像是外地人，

冒昧问一声：有何事登门？

特拉尼奥　失敬失敬，是在下冒昧打扰您，

初到宝地，不知分寸，

就向令爱比恩卡求婚。

1　往后站站（*Baccare*）：仿拉丁语，意为"往后面站"。

2　兰斯（Rheims）：法国北部一城镇，有一所著名的大学。

3　坎比奥（Cambio）：意大利语，意为"交换"。

　　　　她美丽端庄，善良纯真，

　　　　并非我不知道您三令五申，

　　　　大令爱必须先嫁人。

　　　　请先了解我的出身，

　　　　然后把我的请求应允：

　　　　加入求婚者的行列，与他们

　　　　公平竞争，相互比拼。

　　　　至于两位女公子的培训，

　　　　这件乐器太普通，略表寸心，（呈上琴与书籍）

　　　　还有书籍一小包，学习希腊语和拉丁文。

　　　　请您务必都收下，其价值常用常新。

巴普提斯塔　　路森修是你的名字？[1]你是哪里人？

特拉尼奥　　　出生比萨，文森修是我的父亲。

巴普提斯塔　　他也是比萨城的一大能人，

　　　　大名鼎鼎早有耳闻。欢迎你光临。——

　　　　（对霍坦西奥与路森修）你拿上这包书，你带上这把琴，

　　　　立刻去见学生们。——

　　　　哎，来人！

一仆人上

　　　　引领这几位士绅，

　　　　去面见两位小姐，告诉她们

　　　　要善待教书先生，礼数不可失半分。

　　　　　　　　　　仆人领路森修、霍坦西奥下，比昂台罗跟随

　　　　我们到花园走走散散心，

　　　　然后吃饭，欢迎诸位光临，

1　巴普提斯塔知道他的名字，也许是因为他打开了其中的一本书，上面写着路森修的名字。

我的一片诚心请大家务必相信。

彼特鲁乔 巴普提斯塔先生，恕我事务缠身，

不可能天天前来贵府求婚，

您熟识先父，亦可推及我的为人，

先父的田地产业全归我一人独分，

在我手里实现增值，毫无亏损。

请告诉我，如果俘获令爱的芳心，

她的嫁奁您将如何处分？

巴普提斯塔 百年后田产得一半，

结婚日克朗给两万。

彼特鲁乔 有这么一份嫁奁，我也向她保证，

田地产业租契等等，

我若先死她全继承。

我俩可先把字据签订，

合约各执一份为凭证。

巴普提斯塔 好，唯有获得她对你的垂青，

这一条才是重中之重。

彼特鲁乔 嗨，这算什么事，岳父，听我给您讲，

她固然芳心孤傲，我却是个性刚强，

两股怒火若在一起碰撞，

烈火的根源会烧个精光，

微风将星星之火越吹越旺，

飓风却可以吹熄熊熊火浪。

我如此对待她，她会向我投降，

我硬汉求婚不会像小孩子一样。

巴普提斯塔 祝你求婚成功，结局幸福！

不过要准备承受几句刺耳的言语。

彼特鲁乔	任凭狂风猛刮吹不住，
	山岳永固，我亦刀枪不入。

霍坦西奥乔装成李提奥上，头破血流

巴普提斯塔	怎么啦，朋友？你的脸色怎么苍白得吓人？
霍坦西奥	那是我被吓得惊恐万分。
巴普提斯塔	怎么样，我女儿能否做个音乐家？
霍坦西奥	我想她更应该去从军，
	铁器她扛得住，别难为古琴。
巴普提斯塔	难道你就不能教她弹弹琴？
霍坦西奥	不能，她倒是拿琴把我来教训，
	我才说了句她搞错了琴品[1]，
	手把手教她来把指法论，
	不料她极不耐烦来了神，
	"你说琴品？"她说，"怒视你人品"。
	话说完，抢起琴，砸向我脑门儿，
	我的脑袋穿破了琴身，
	呆呆地站在那里出神，
	像戴枷犯人，头顶过琴，
	任她喊我什么杰克[2]哼哼、弹琴的混混，
	还有二十来个诨名难听得很，
	像事先算计好了要整我的人。
彼特鲁乔	哎呀，我的天，这丫头活泼天真，
	我倍加喜欢这样的人，
	啊，好想找她谈谈心！

---

1 琴品（frets）：引导手指按弦的突出部分（凯特转向"烦恼"的意思）。

2 杰克（Jack）：意为"贱人"。

巴普提斯塔　（对霍坦西奥）好，跟我走，别懊恼，

　　　　　　我还有一个女儿给你教，

　　　　　　她学得快，尊敬师长有礼貌。

　　　　　　你是跟我们一起去，彼特鲁乔，

　　　　　　还是我打发凯特来把你找？

彼特鲁乔　我等着，　　　　　　　　　　　除彼特鲁乔外，众人下

　　　　　　请您打发令爱来这里。

　　　　　　我要打起几分精神来求她做夫妻，

　　　　　　如果她骂我，就直言她是

　　　　　　夜莺唱歌甜蜜蜜；

　　　　　　如果她蹙额颦眉，就说她看上去

　　　　　　似铿锵玫瑰晨露洗；

　　　　　　如果她沉默寡言不吭气，

　　　　　　就说她言辞犀利，

　　　　　　口若悬河泻千里；

　　　　　　如果她叫我滚蛋，就向她表示谢意，

　　　　　　像是她要留我住上一星期；

　　　　　　如果她不愿意嫁，就向她询问佳期，

　　　　　　何时公布吉日，何时把她迎娶，

　　　　　　瞧，她来了。彼特鲁乔，下面就看你的本事。

凯瑟丽娜上

　　　　　　早上好，凯特。我听说那是你的名字。

凯特　　　你听话听声，就是听不清音 [1]，

　　　　　　人家都管我叫凯瑟琳。

彼特鲁乔　你撒谎吧，你就叫凯特，

1　听不清音（hard of hearing）：其中的 hard 与 heard（听见）形成双关（发音相似）。

快乐的凯特，有时坏脾气的凯特，
凯特，基督徒里最漂亮的凯特，
凯特大堂里的凯特，超级甜心凯特，
甜甜的小点心 [1] 超好吃，凯特，
让人欣慰的凯特，听我说——
每个城镇都赞扬你的温柔贤德，
把你的花容婀娜来传说，
虽然他们说的远不及真实的凯特，
却打动 [2] 了我来求求你：嫁给我做老婆。

凯特 打动了你？趁早！谁从哪儿把你打动来的
就把你打动回哪儿去，一见面就晓得
你原来是个搬来动去的。

彼特鲁乔 啊，是什么搬来动去的？

凯特 一张矮脚凳。[3]

彼特鲁乔 你说对了，来，坐上我的身。

凯特 驴子 [4] 是让人骑的，你也是。

彼特鲁乔 女人是让人骑 [5] 的，你也是。

凯特 那也不像你这匹驽马跑不动。

彼特鲁乔 啊，好凯特，不想压你在下层，
晓得你年纪体重一样轻 [6]。

凯特 乡巴佬，我身轻敏捷你抓不住，

---

1 小点心（Kates）：Kates 与 cates（山珍海味，美味佳肴）形成双关。

2 打动（moved）：意为"感动"、"迫使"，凯特转向字面意思。

3 此句是忽略了某人后略带嘲弄的道歉语。

4 驴子（Asses）：与"屁股"形成双关。

5 骑（bear）：与"承受男子或婴儿的体重"形成双关。

6 轻（light）：与"性关系随便的"形成双关。

环肥燕瘦丰盈盈。

彼特鲁乔　盈盈？应该是蝇蝇[1]——嗡嗡[2]！

凯特　学得还真像，像个糊涂虫[3]。

彼特鲁乔　哦，虫子吃了你，飞不动的斑鸠[4]。

凯特　对了，斑鸠专吃你毛毛虫。[5]

彼特鲁乔　得了，得了，你火气这么大，就是只黄蜂[6]。

凯特　黄蜂都有刺，小心蜇你疼。

彼特鲁乔　我有办法拔掉那根刺。

凯特　如果傻瓜知道它长在何处？

彼特鲁乔　谁不知道黄蜂的刺长哪儿？它长在尾巴上。

凯特　长在舌头上。

彼特鲁乔　谁的舌头上？

凯特　你的舌头上。如果你嚼舌胡吣[7]，那我就走人。

彼特鲁乔　什么，我的舌头舔你的尾巴[8]上？

　　　　　　别走，再来[9]再来，好凯特，我可是个绅士。

凯特　那我来试试。（她打他）

彼特鲁乔　你再打我，我一定还击。

1　蝇蝇（be）：与"蜜蜂"（bee）形成双关。（此处用谐音的拟声词试译。——译者附注）

2　嗡嗡（buzz）：意为"流言"，即你应该听听别人在怎么说你；也表示烦躁。

3　糊涂虫（buzzard）：意为"傻瓜（字面意思：劣等捕猎鹰）/ 造谣者"。

4　斑鸠（turtle）：代表坚贞的爱情。

5　此句意为"只有傻瓜才把我当成忠实的妻子，就像斑鸠误食昆虫一样"。

6　黄蜂（wasp）：承前由昆虫的声音转义。

7　胡吣（tails）：与"坏话"（tales）一词形成同音双关。

8　尾巴（tail）：与"阴道"形成双关。

9　再来（come）：做文字游戏，有"达到性高潮"之义。（此处按字面意思翻译。——译者附注）

凯特	那你就会把家徽失去[1]。
	你如果动手[2]，那就不是绅士，
	不是绅士，能有盾徽在家里？
彼特鲁乔	你是纹章官，凯特？把我记入你的家徽[3]吧！
凯特	你的家徽上面是什么纹章[4]，鸡冠帽[5]？
彼特鲁乔	一只无冠的公鸡，你做我的母鸡[6]好不好？
凯特	我不要你这只小公鸡，啼声里没有一点儿精气神。
彼特鲁乔	别这样，好啦，凯特，好啦，别看上去酸溜溜的。
凯特	我看见一只野苹果时，就会这个样子。
彼特鲁乔	这里没有野苹果，别来那股酸劲儿。
凯特	有野苹果啊，有的。
彼特鲁乔	给我看看。
凯特	如果有镜子，我给你看。
彼特鲁乔	什么，你在说我的脸蛋？
凯特	年纪轻轻，猜得蛮准。
彼特鲁乔	凭圣乔治起誓，我配你可是太年轻。
凯特	但是你怎么满脸皱纹？
彼特鲁乔	那是相思的爱痕。
凯特	我不听。
彼特鲁乔	别走，凯特，听我说，真的，你不要这样就走了。

---

1 把家徽失去（lose your arms）有多层含义：（1）浪费你的力气；（2）松开你的手；（3）丧失你的家徽（绅士的标志）。
2 动手（strike）：与"和……性交"形成双关。
3 家徽（books）：记载绅士盾徽的纹章书（在"好书"与"阴道"这两个意义上玩文字游戏）。
4 纹章（crest）：指盾徽的识别性特征或动物头上的一撮毛（暗含"阴茎"之义）。
5 鸡冠帽（coxcomb）：指弄臣的帽子（外观类似公鸡鸡冠，与"公鸡"——即"阴茎"形成双关）。
6 母鸡（hen）：意为"妻子"。（另一个意思"妓女"未译出。——译者附注）

凯特	如果你把我强留，我烦你啊。让我走。
彼特鲁乔	没门儿。我可是觉得你温柔无比，
	别人说你闷骚、傲慢、严厉，
	我发现说这话的人是骗子。
	你快乐活泼，谦恭有礼，
	言语腼腆，像春天的花儿一样秀气。
	你不皱眉蹙额，从不把人轻视，
	也不会像个怒妇一样咬破嘴皮，
	更不会言语伤人，拿别人出气。
	你殷勤款待前来求婚的男子，
	言谈温婉，悄声细语，让人倍感舒适。
	干吗满世界的人都说你一瘸一拐？（踢她？）
	全都是谣言！凯特就像那榛树的嫩枝，
	亭亭玉立，苗条纤直，
	像榛子一般黑里透红，却比它甜蜜。
	啊，走几步让我瞧瞧，你不是跛子。
凯特	滚，傻瓜，回去给你的下人发话。
彼特鲁乔	那林中的狩猎女神狄安娜
	怎比得这间屋子里凯特的高贵步伐？
	啊，让她做凯特，你做狄安娜，
	叫她风流多情，让你贞洁无瑕！
凯特	你从哪里学来的这些乖巧话？
彼特鲁乔	脱口而出啊，全凭老妈遗传的智慧。
凯特	是得有个聪明的老娘，不然生出儿子笨肚肠。
彼特鲁乔	难道我不够聪明？

凯特	够聪明，还知道：要保暖，添衣裳。[1]
彼特鲁乔	啊，可爱的凯特，我知道了：要我暖和，钻你被窝。
	因此，咱俩闲言少叙，直奔主题，
	你的父亲已经答应许配你
	做我的妻室，嫁奁也已经协议，
	你愿意也好，不愿意也罢，我就要娶你。
	凯特，我做你的丈夫正合适，
	我手指太阳发誓，阳光下见识你的美丽，
	这美丽让我对你好生欢喜，
	你嫁人不能嫁给别人，非我莫字，

巴普提斯塔、葛莱米奥、特拉尼奥乔装成路森修上

	凯特，我是你的男人，天生来驯服你，
	让你从一个野猫子似的女子，
	变成温顺的良母贤妻，
	你父亲过来了，你切莫推辞。
	我必定要娶凯瑟琳为妻。
巴普提斯塔	彼特鲁乔先生，你与我女儿进展是否顺利？
彼特鲁乔	怎么不顺利，先生？怎么不顺利？
	我出马不可能不顺利。
巴普提斯塔	凯瑟琳女儿，你怎么垂头丧气？
凯特	您还管我叫"女儿"？我把话儿说清：
	您是顶着慈父的美名，
	让我嫁给半个神经病，
	一个满嘴胡吣的恶少，混混脑袋不清醒，

1　彼特鲁乔与凯特的问答化自民谚 he is wise enough that can keep himself warm（有机智，暖身子）。（此处参考了方平的译文。——译者附注）

　　　　　　　　以为凭几句誓言就可以霸王硬上弓。

彼特鲁乔　　岳父，是这样的，您自己，

　　　　　　　　还有其他人对她的传说颇多差池，

　　　　　　　　她如果有坏脾气，那是策略上的故意。

　　　　　　　　因为她不难驾驭，温温柔柔像鸽子，

　　　　　　　　脾气不火暴，娴静如清晨的静谧，

　　　　　　　　忍耐犹如格里泽尔达[1]再世，

　　　　　　　　贞洁可比罗马的鲁克丽丝[2]。

　　　　　　　　总之，我们在一起相处惬意，

　　　　　　　　决定在星期天举行结婚大礼。

凯特　　　　星期天我要看你先上吊。

葛莱米奥　　听吧，彼特鲁乔，她说要看你先上吊。

特拉尼奥　　这就是你的顺利？看来，我们的事情全泡汤了！

彼特鲁乔　　诸位，给点儿耐心。我选中她成亲，

　　　　　　　　只要她情我愿，不用你们操心。

　　　　　　　　我俩私下已约定，

　　　　　　　　大庭广众，她装着桀骜不驯。

　　　　　　　　跟你们说，这简直难以置信，

　　　　　　　　啊，最可爱的凯特，她爱我有多深！

　　　　　　　　她搂着我的脖子，送热吻，

　　　　　　　　亲了又亲[3]，海誓山盟言不尽，

　　　　　　　　一刹那，她赢得了我的心。

---

1 在薄伽丘（Boccaccio）和乔叟（Chaucer）的作品中，忍耐的格里泽尔达（Patient Griselda）
　是妻子服从丈夫的典范。

2 鲁克丽丝（Lucrece）被罗马国王塔昆（Tarquin）奸污后羞愧自杀。（实被国王塔昆之子奸污，
　原注恐有误。——译者附注）

3 原文 vied，意为"翻两番，再加倍"（赌场增加赌注的术语）。（此处意译。——译者附注）

啊，你们这些情场新手！当男女独处的时分，

会惊奇地看到他们有多么温驯，

不中用的懦夫也能驯服最泼辣的女人。

把你的手伸给我，凯特，我要出门

到威尼斯去为你置办礼服结婚，

岳父，您张罗婚宴，邀请来宾，

我会让我的凯瑟琳穿戴一新。

巴普提斯塔　我不知道该说什么了，把你们的手都伸给我[1]，

这门亲事就这样说定了。彼特鲁乔，愿上帝赐予你欢乐！

葛莱米奥和特拉尼奥　阿门。我们愿做证婚人。

彼特鲁乔　岳父，老婆，还有诸位，再见。

我到威尼斯去，星期日很快要来临，

需要置办戒指、华服，还有其他物品，

吻我，凯特，我们星期天结婚。

彼特鲁乔与凯瑟丽娜分头下

葛莱米奥　能有这样速配的婚姻?

巴普提斯塔　啊，各位先生，我就像个商家，

急于甘冒风险，难以讨价还价。

特拉尼奥　这宗货物让您棘手，需要处理，

不在海上坏掉，就要脱手获利。

巴普提斯塔　也就是平安嫁出落个心安。

葛莱米奥　难怪他不费力气稳操胜券。

巴普提斯塔，现在轮到年轻的令爱，

我们日夜盼望着这一天，

我是您的邻居，也是第一个来提亲的儿男。

1　在证人面前把双方的手放到一块儿（"预约合同"），防止一方不与另一方履约。

特拉尼奥	我爱比恩卡，言语难诉说，
	您冥思苦想也猜不着。
葛莱米奥	后生伢子，你的爱哪有我的珍贵？
特拉尼奥	花白胡子，你的爱萎缩冰冻。
葛莱米奥	你的爱燃烧成灰。
	轻薄少儿，站远点儿，年纪能够滋润生命。
特拉尼奥	但在女人眼里，青春才能繁荣茂盛。
巴普提斯塔	两位先生消停，我来平息这场论争，
	确定名花归属要拿出实际行动，
	谁能许诺一份最大的结婚聘礼，
	谁就能赢得比恩卡的爱情。
	那么，葛莱米奥先生，你先请！
葛莱米奥	首先，您知道我城内有住房，
	陈设尽是金杯和银盏，
	水盆、水壶盥洗她的纤纤玉手，
	墙上挂的都是提尔港[1]的毡毯，
	象牙箱子里塞满了金元，
	柏木柜子里全是阿拉斯的床罩、绣花毯、
	锦衣华服、帐幔华盖、精美的亚麻布、
	土耳其的绒垫镶珍珠，都值不少银钱，
	还有威尼斯的流苏绣金线，
	白镴、青铜器，家具一件件，
	全在府里面。还有农庄园，
	一百头奶牛做奶源，
	一百二十头公牛养肥在牛栏，

---

1 提尔（Tyre）港：古代地中海贸易城市。

诸如此类一时也说不完。

咱承认自己已步入老年，

如果明天我死去，财产全归她掌管，

在我活着时，她是我的妻，这是唯一的条件。

特拉尼奥　那个"唯一"最关键。先生，听我言讲：

我是家父的继承人，也是他唯一的儿郎，

如果能讨得令爱做妻房，

比萨城的富裕地段我有三四处地方，

处处都与葛莱米奥在帕度亚的一样，

全部留给爱妻做住房。

还有，每年从富庶的庄园粮仓

收入有两千金币，我死后给她继承作赡养。

怎么啦，葛莱米奥先生，我掐得你很不爽？

葛莱米奥　每年从庄园里收入金币有两千？

（旁白）我的田产加起来也没那么值钱。——

我还可以给她一艘大商船，

如今停靠在马赛的港湾。

（对特拉尼奥）怎么，一艘商船呛得你哑口无言？

特拉尼奥　葛莱米奥，家父何止三艘大商船，

谁人不知，哪个不晓？此外还有两艘大木船，

十二艘快艇走海上。你还有什么没有拿出来，

我统统加倍往聘礼单上添。

葛莱米奥　没有了，我的聘礼只有这么多，

没有的东西我不能给她许诺。

（对巴普提斯塔）我和我的财产都是令爱的，如果您看中我。

特拉尼奥　根据您的承诺，令爱完全属于我，

葛莱米奥的竞价已经被我超过 [1]。

巴普提斯塔　我坦承你的开价最令人心动，

倘若令尊亲自来背书保证，

小女归你。不然，恕我丑话难听，

你若死在令尊前面，这份聘礼岂不要落空？

特拉尼奥　这也难不倒我，他老迈，我年轻。

葛莱米奥　难道只死老年人，不死年轻人？

巴普提斯塔　好了，两位先生。

我就这样作出决定：你们知道下周日

是大女儿凯瑟琳的婚期。

再下一周日，二女比恩卡嫁给你，

条件是你必须立下相关字据，

不然，由葛莱米奥先生前来迎娶。

多谢两位，我失陪告辞。　　　　　　　　　下

葛莱米奥　再见，好邻居。——好啦，我不用怕你，

年轻的败家子，你老爹除非是个傻子，

才会把全部身家都给你，等老了一大把年纪，

还要寄养在你篱下。哼，岂有此理！

意大利老狐狸是不会这么大方的，我的孩子。　　下

特拉尼奥　都是为了挤对你这狡猾的瘦精干，

把一张十点的牌吹上了天。

咱想把少爷的好事先成全，

该给冒牌的路森修找家严——

冒牌的文森修——这真是怪事一件：

通常是先有父亲后生儿男，

1　超过（out-vied）：指叫牌被超过（玩牌术语）。

这桩求婚大事形势却反转，
先生儿子后找爹，如果计谋能实现。 下

第 三 幕

第一场 / 景同前

路森修乔装为坎比奥、霍坦西奥乔装为李提奥与比恩卡上

路森修　　弹琴的，悠着点儿，别冒进，

　　　　　　这么快就忘了她大姐凯瑟琳

　　　　　　怎么接纳你弹琴？

霍坦西奥　哎，瞎嚷嚷的穷书生，

　　　　　　二小姐挺喜欢天籁之声，

　　　　　　我的课程优先定，

　　　　　　先上一节音乐课，

　　　　　　你再讲课一个钟。

路森修　　不讲道理的蠢驴，不读书来少学问，

　　　　　　你须知创造音乐有原因！

　　　　　　读书人、做工者若是脑胀头昏，

　　　　　　赏音乐正好能醒脑提神，

　　　　　　所以先要听我讲哲学，

　　　　　　课间伺候你再弹奏天籁音。

霍坦西奥　夫子，鬼才听你的倒头经。

比恩卡　　哎呀，两位先生，一前一后得罪我，

　　　　　　谁先谁后我说了算，

　　　　　　我不是顽皮的学童要挨鞭，

　　　　　　我不按课表也不讲钟点，

　　　　　　上什么课程全凭我喜欢。

	来，都坐下，莫争辩，
	（对霍坦西奥）你先准备乐器调调弦，
	你调好音时他的课早讲完。
霍坦西奥	我调好音就让他下课走人？
路森修	调琴去，我看你永远不入调门。
比恩卡	上次我们讲到哪儿了？
路森修	小姐，这里：
	（念）
	"Hic ibat Simois. Hic est Sigeia tellus.
	Hic steterat Priami regia celsa senis." [1]
比恩卡	讲来听听。
路森修	*"Hic ibat"*，我前面给你讲过，*"Simois"*，我是路森修，*"hic est"*，比萨文森修的儿子，*"Sigeia tellus"*，化装成这个样子是为了向你表白，*"Hic steterat"*，那个向你求婚的路森修，*"Priami"*，是我的下人特拉尼奥，*"regia"*，扮作我的身份，*"celsa senis"*，好糊弄那个傻老头。
霍坦西奥	小姐，我的琴调好了。
比恩卡	我们听听。（他弹琴）呀呀呸！好刺耳的高音。
路森修	伙计，往那个孔里面吐点儿唾沫，再调一调吧。[2]
比恩卡	现在，我来解释一下那段拉丁文："Hic ibat Simois"，我不认识你，"hic est Sigeia tellus"，我不相信你，"Hic steterat Priami"，注意别让他听见，"regia"，你别自以为是，

1　"这儿流淌着西莫伊［河］；这儿是［特洛伊］西基亚平原；这儿矗立着［特洛伊］老国王普里阿摩斯的雄伟宫殿。"（引自奥维德《女杰书简》［*Heroides*］）

2　此句可能化自谚语 spit in your hands and take a better hold（手上吐唾沫，抓得更牢靠），亦或有性暗示。

　　　　　　　　 "celsa senis"，你别丧气灰心。

霍坦西奥　　　小姐，这会儿琴调好了。（他再次弹琴）

路森修　　　　就是低音不和谐。

霍坦西奥　　　低音是好的，不和谐的是低贱的混混。

　　　　　　　　（旁白）看教书匠那个热乎劲儿，

　　　　　　　　他准是在向我的爱人献殷勤，

　　　　　　　　臭老九[1]，我得把你盯紧点儿。

比恩卡　　　　（对路森修）我过些时日也许会相信，但现在不敢信。

路森修　　　　别不相信，无疑，埃阿西得斯

　　　　　　　　就是埃阿斯，他从着祖父的名字[2]。

比恩卡　　　　老师的话我得相信，我答应你，

　　　　　　　　不然我们会在那个问题上争吵不息，

　　　　　　　　就到这儿吧。——好了，李提奥，轮到你。

　　　　　　　　好老师，千万别介意，

　　　　　　　　只当是我在两位老师面前顽顽皮。

霍坦西奥　　　（对路森修）老兄，行个方便，你现在可以走，

　　　　　　　　我的音乐无须三重奏。

路森修　　　　你这是什么讲究？我倒要看看——

　　　　　　　　（旁白）细观察，免上当，不受骗，

　　　　　　　　这个精明的乐师长着一对狐狸眼。（他退至一旁）

霍坦西奥　　　小姐，先别动乐器，

　　　　　　　　也不忙着把指法来学习，

1　臭老九（Pedascule）：蔑称，勉强移译冷僻的 pedascule。蒙元时期，人分十等：一官，二吏，三僧，四道，五医，六工，七匠，八娼，九儒，十丐。——译者附注

2　希腊英雄埃阿斯（Ajax），名从祖父埃阿科斯（Aeacus）。（路森修在讲奥维德《女杰书简》中的下一行。）

咱必须从音乐的基础来讲起，

把音阶简单地理一理，

您会发现，咱比别的老师

教得更简洁、更有效、更有趣。

要点一一清楚地写在这里。（递给比恩卡一纸）

比恩卡 音阶我早就学过了。

霍坦西奥 但请读一读霍坦西奥的音阶。

比恩卡 （念）"我是音阶，所有和声的基础，

A 是'来'，来为霍坦西奥的爱情辩护，

B 是'咪'，比恩卡，接受他做你的丈夫，

C 是'发多'，他一心一意地把你爱慕。

D 是'索来'，一个谱号我有两个音 [1]，

E 是'拉咪'，可怜我吧，不然我就死去。"

这也是音阶？啧啧，我可不喜欢，

还是现行法子最管用。我可不会朝秦暮楚，

喜欢这些稀奇古怪而改了老规矩。

一信差上

信差 小姐，老爷吩咐您把书本收起，

去把大小姐的闺房装饰装饰，

明天就是她大喜的日子。

比恩卡 再见，两位好先生，恕我少陪。　　　　　　比恩卡与信差下

路森修 啊，小姐，我也不想在这儿待着。　　　　　　　　　　下

霍坦西奥 我倒想查一查这位书生，

他看上去像害了相思病。

---

1 一个谱号（clef），也许指霍坦西奥的爱；两个音（two notes），也许指他真实的与假装的个性。也许还有性暗示，分别暗指"一个阴道"、"两个睾丸"。

比恩卡，如果你屈尊纡贵，

对每一个呆子[1]都垂青，

爱跟谁跟谁。只要你见异思迁心不定，

霍坦西奥就要另选佳人，割断这份情。 下

第二场 / 第四景

巴普提斯塔、葛莱米奥、特拉尼奥、凯瑟丽娜、比恩卡、路森修、众仆人及余人上

巴普提斯塔 （对特拉尼奥）路森修先生，今天是良辰吉日，

凯瑟琳与彼特鲁乔结婚大喜，

可至今没有佳婿的消息，

别人会说什么？来了牧师，

却不见新郎，我哪有面子

让牧师致辞主持婚礼？

路森修先生，我这叫不叫羞耻？

凯特 蒙羞的是我，自己不能做主，

只有违背心愿受委屈

嫁给一个脾气暴躁的狂徒，

他求婚匆忙却结婚踟蹰。[2]

---

1 呆子（stale）：意为"诱鸟"，专指诱使缺乏训练的鹰分散注意力的鸟。

2 此句化自谚语 he who marries in haste repents at leisure（结婚太匆忙，闲来悔断肠）。

我早说过，他是一介疯癫愚夫，

伪装直率把别人挖苦打趣，

好博得个快乐汉的美誉。

他会向千名女子求婚，择日婚娶，

宴请宾朋，把婚讯宣布，

却不打算与她们永结良侣。

现在全世界的人都会指着可怜的凯瑟琳，

说，"看啊，这就是疯子彼特鲁乔的媳妇，

除非那个男人啥时高兴来把她迎娶。"

特拉尼奥　耐点儿心，好凯瑟琳，还有巴普提斯塔，

我担保彼特鲁乔心眼不差，

也许有事耽搁才说话不算话，

他虽然有些莽撞，但聪明才智佳，

爱开玩笑，却也为人诚实无虚假。

凯特　怎么这么倒霉，偏偏凯瑟琳遇着他！

　　　　　　　　　　　　　　　哭泣下，比恩卡及他人随之下

巴普提斯塔　去吧，女儿，我不怪你泪流双颊，

这种伤害即使圣人也会雷霆大发，

更何况你的性情烦躁又泼辣。

比昂台罗上

比昂台罗　老爷，老爷，新闻！旧[1]闻！很多您闻所未闻！

巴普提斯塔　这又是新又是旧的，怎么回事？

比昂台罗　哎，听说彼特鲁乔要来，这不是新闻么？

巴普提斯塔　他来了么？

1　旧（Old）：这里意为"许多"（未直接译出，后面半行台词中补译。——译者附注），但巴普提斯塔在下一句取的是其更常用的含义"旧"。

比昂台罗	哎，还没呢，老爷。
巴普提斯塔	怎么啦？
比昂台罗	他在路上了。
巴普提斯塔	他什么时候到？
比昂台罗	当他站在我这个地方与您见面的时候。
特拉尼奥	那你说，你说的旧闻是怎么一回事？
比昂台罗	哎，彼特鲁乔要来了，他戴着新帽子，穿着旧紧身夹克，一条旧裤子里外翻新过三次，一双靴子的破洞里像是露出了蜡烛头，一只靴子扣扣子，另一只系带子。他佩戴一柄生锈的旧剑，像是从镇军械库里取出来的，剑柄断了，剑鞘没了，两根破带子把裤子系在紧身衣上。他骑的马也跛了，伤了髋骨，上面挂着个虫咬的鞍鞯，两只马镫还不一样；那马患了鼻疽[1]，流着怪涎，马嘴也发了炎，长了个瘤子，马腿上尽是肿瘤，关节肿胀，患了黄疸，极其难看，还患有腮腺炎，步履蹒跚，肠子生蛆，脊椎弯曲，肩胛骨脱臼，前腿内八字，马嚼子侧环只有半边管用。为了防止马匹跌扑，不得力的羊皮缰绳在马首紧拽，拉断了多处，把断点打个结完事，肚带补过六次，后鞦是女人用的天鹅绒吊带，铜钉上还印着她姓名的两个首字母，到处都用包裹绳子补缀过。
巴普提斯塔	谁跟他一块儿来的？
比昂台罗	啊，老爷，是他的跟班，装束跟那匹马有的一比：一条腿穿着亚麻布袜子，另一条腿穿粗布长筒袜，红蓝条纹的长

---

1 原文 like to mose in the chine，语义不详。也许讹自"像脊骨里面发出咕咕声"——即鼻疽病的晚期——或者可能患脊柱脆弱。

布条裹腿；戴一顶旧帽子，上面是稀奇古怪的装饰¹，没有插羽毛——真是一个怪物，穿着打扮得像个怪物，哪里像正经的亲随或者绅士的跟班呢。

特拉尼奥 想必是他一时心血来潮，

平日里装束俭朴不高调。

巴普提斯塔 不管怎么来的，来了就好。

比昂台罗 老爷，他没有来。

巴普提斯塔 你刚才不是说他来了吗？

比昂台罗 谁来了？彼特鲁乔吗？

巴普提斯塔 是啊，彼特鲁乔来了。

比昂台罗 老爷，他没有来。我说的是他的马来了，马背上驮着他。

巴普提斯塔 呵呵，那是一样的。

比昂台罗 不一样，凭着圣詹姆²起誓，

赌你一分钱，

一马加一男，

便不止一样，

多样也不算。

彼特鲁乔与格鲁米奥上

彼特鲁乔 喂，哪里来的这些漂亮公子哥儿们？谁在家？

巴普提斯塔 啊，你来得正好。

彼特鲁乔 我来得不好³哦。

---

1 原文 humour of forty fancies，语义不详。也许指一首古老的歌谣，或指奇特的装饰——大意是这顶帽子装饰得复杂古怪。

2 圣詹姆（Saint Jamy）：也许是孔波斯特拉的圣詹姆斯（Saint James of Compostella），其圣地颇受香客欢迎。

3 来得不好（come not well）：意为"不受欢迎"。但下一句巴普提斯塔是按"行走困难"的意思来回答的。

巴普提斯塔　你脚没有走跛啊。

特拉尼奥　只是穿戴没有我指望的那么漂亮。

彼特鲁乔　穿戴再漂亮，我登门也只能匆忙，

凯特在哪里，我可爱的新娘？

岳父可好？你们一个个怎么眉愁气丧？

这一帮嘉宾为何出神凝望？

像是看见了怪物的模样，

是看见了彗星[1]还是有什么异常？

巴普提斯塔　哎呀，今天吉日良辰你成亲，

先是怕你不来我们愁闷，

你来了毫无准备更伤神，

快脱下这身衣裳，它不配你的身份，

在婚庆典礼上刺眼扎心！

特拉尼奥　告诉我们是什么重要事情

把你耽搁，让新娘子久等？

而且你衣着与以前大不相同？

彼特鲁乔　说起来话长，听着也不爽，

简言之，我来了就守约如常，

虽然有些地方不周详，

咱们另找时间细细讲，

一定让大家满意舒畅。

凯特在哪里？我等她的时间太长，

上午的时光流淌，我们早该去教堂。

特拉尼奥　见新娘怎么能穿得这么破破烂烂，

快到我的房间里把我的衣裳换。

1　彗星被认为是不祥之兆。

彼特鲁乔　　我才不换呢，这个样子见她又有何妨？

巴普提斯塔　这个样子怕是你娶不到新娘。

彼特鲁乔　　这个样子她也得嫁给我，无须多讲，

　　　　　　她是嫁给我，又不是嫁给我的衣裳。

　　　　　　如果能修补凯特在我身上磨损[1]的地方，

　　　　　　就像我换掉这几件破衣服一样，

　　　　　　这样对她好，对我更加棒。

　　　　　　我真傻，干吗跟你们细说端详，

　　　　　　早该道声"早安"给我的新娘，

　　　　　　用一个爱吻给她定名分正伦常。　　彼特鲁乔与格鲁米奥下

特拉尼奥　　他有自己的盘算才穿上疯癫的衣裳，

　　　　　　我们劝劝他，只要还有一丝希望，

　　　　　　先换上漂亮的服装再去教堂。

巴普提斯塔　我跟着去，看他闹出啥名堂。

　　　　　　　　　　　　巴普提斯塔、葛莱米奥及众仆人下

特拉尼奥　　（对路森修）啊，少爷，咱们要赢得小姐的芳心，

　　　　　　还要征得她父亲的首肯，

　　　　　　为此，我早就告诉过您，

　　　　　　要去找一个人——是谁不要紧，

　　　　　　反正他要按照我们的脚本——

　　　　　　扮演文森修——您的父亲，

　　　　　　在帕度亚背书您的求婚，

　　　　　　我许下的聘礼他要加倍确认，

　　　　　　如此这般您坐享其成定缘分，

　　　　　　娶走比恩卡——甜甜的心上人。

1　磨损（wear）：意为"使……筋疲力尽"，带有性暗示。

路森修	要不是那个同行的教书先生，
	寸步不离地关注比恩卡的行踪，
	我想悄悄地与她把婚事确定，
	生米煮成熟饭，哪管别人议论种种，
	我行亦我素，举世皆成空。
特拉尼奥	我们合计慢慢来寻找
	这件大事的良机妙招，
	要计压花白胡子老头葛莱米奥，
	瞒得她爹——严密看管的米诺拉不知晓，
	还有那个狡猾多情的乐师李提奥，
	全只为路森修少爷的这段情未了。

葛莱米奥上

	葛莱米奥先生，你从教堂回来啦？
葛莱米奥	就像学生放学一样如释重负。
特拉尼奥	新郎新娘也一并回府了？
葛莱米奥	你说新郎，我看他是个油郎，
	新娘会发现嫁了个油嘴滑舌的卖油郎。
特拉尼奥	嘴巴皮子比她还会吵架吗？唉，不可能。
葛莱米奥	唉，他就是个魔鬼，是个魔鬼，简直就是恶魔。
特拉尼奥	唉，她也是个魔鬼，是个魔鬼，魔鬼的老娘亲。
葛莱米奥	嗨，跟他比，她就是只羔羊、鸽子、一个呆子。
	我跟你讲，路森修大爷，当牧师
	问他是否愿意娶凯瑟丽娜为妻时，
	"好，该死的！"他大声地发誓，
	吓得牧师手里的《圣经》掉下地，
	当他弯腰去把《圣经》俯拾起，
	这个疯狂的新郎官练起了拳击，

连人带书，连书带人打趴在地，
还说，"你们听着，谁来把他们[1]捡起？"

特拉尼奥　牧师爬起来的时候，那女的没说什么吗？

葛莱米奥　那女的吓得浑身颤，因为他跺脚骂声响，
好像是牧师成心把他诓，
待到一道道仪式完毕，他呼唤琼浆，
说，"干杯，为了健康！"
像是风雨过后航行在海上，
与朋友同舫共饮，将甜酒喝光，
把用酒泡过的面包片全扔在司事的脸上，
没来由，甚荒唐，
只因那人几根胡子长得稀稀啷，
似乎是见他喝酒就来讨点儿食粮。
然后，他把手挽在新娘的脖子上，
双唇对接吻得震天响，
咂嘴声全教堂都在回荡。
那个场面太难堪，我走出教堂，
后面跟着一群人，想必散了场，
未见过婚礼有如此地疯狂。
听啊，听，我听见音乐在奏响。（音乐起）

彼特鲁乔、凯特、比恩卡、霍坦西奥乔装为李提奥、巴普提斯塔、格鲁米奥
及其他人上

彼特鲁乔　先生们，朋友们，感谢诸位参加婚典，
知道你们都想与我痛饮今天，

1　他们（them）：也许指牧师和《圣经》；也许指凯特裙子的褶边，因为彼特鲁乔声称并怀疑
　　牧师偷窥她的裙底。

	也备下了丰盛的婚庆酒宴,
	可惜我有急事不得流连盘桓,
	为此给大家匆忙道一声再见。
巴普提斯塔	可否今天晚上再走?
彼特鲁乔	我必须在天黑前离开,
	请不要奇怪,如果你知道我做的买卖,
	就不会留我而是催我快离开。
	尊敬的各位来宾,谢谢大家前来,
	见证了我把自己交给
	这位最耐心、最甜美、最贤惠的太太。
	大家陪我岳父吃饭,举杯祝我健康常在。
	与诸位说一声再会,我现在得离开。
特拉尼奥	我们求你吃完饭再走。
彼特鲁乔	不行。
葛莱米奥	我求你。
彼特鲁乔	不成。
凯特	我求你。
彼特鲁乔	我很高兴。
凯特	高兴留下来?
彼特鲁乔	我很高兴你求我留下,
	但我却不乐意留下,随你怎么苦苦相求。
凯特	如果你爱我,留下。
彼特鲁乔	格鲁米奥,备马。
格鲁米奥	是,大爷,马儿已经备下了,燕麦吃饱了马儿[1]。

---

1 燕麦吃饱了马儿(the oats have eaten the horses):即马匹早就准备好了,可以疾驰(因为喂得很饱)。

凯特　　　　那好。
　　　　　　爱谁谁去，我今天不会跟你去，
　　　　　　明天也不会跟你走，我哪天高兴哪天去。
　　　　　　大门开着，没有谁拦住你的路，
　　　　　　趁着靴子颜色新，早点儿滚回去，
　　　　　　我是哪天高兴哪天去。
　　　　　　看来你这个傲慢的丈夫，
　　　　　　一结婚就独断专行我行我素。

彼特鲁乔　　啊，凯特，高兴点儿，别生气。

凯特　　　　我生我的气，与你啥关系？——
　　　　　　爸爸，您别管，让他候着直到我满意。

葛莱米奥　　天哪，老兄，这下有好戏。

凯特　　　　先生们，婚宴请大家先入席，
　　　　　　一个女人若无半点儿反抗意识，
　　　　　　照我看，会变得傻里傻气。

彼特鲁乔　　你凯特发了话，他们都会听从吩咐。——
　　　　　　大家都听新娘子的，多加照顾，
　　　　　　请入席，热热闹闹，吃饱喝足，
　　　　　　为新娘子破瓜饮干酒壶，
　　　　　　须尽欢，且尽兴，不然上吊找别处。
　　　　　　至于漂漂亮亮的凯特，得随丈夫上归途。——
　　　　　　别，别上脸，别顿足，别瞪眼，别发怒。
　　　　　　我的东西我做主。
　　　　　　她是我的货物，我的动产，我的房屋，
　　　　　　我的田地，我的谷仓，我的家具，

我的马，我的牛，我的驴，我的一切全部。[1]

她就站这儿，想碰她？看谁胆子粗！

在帕度亚谁要是拦住我的去路，

我将依法处置，管他是什么人物。——

格鲁米奥，抄家伙，咱们被强盗团团围住，

你若是个爷们，快解救你的主妇。

别害怕，好宝贝，他们不会碰你，凯特，

纵有敌军百万，我一人挡住。

彼特鲁乔、凯瑟丽娜与格鲁米奥下

巴普提斯塔 别管，让他们去吧，一对清静的欢喜冤家。

葛莱米奥 他们要是还不走，我一定会笑杀。

特拉尼奥 最疯狂的婚配咱也是首开眼界。

路森修 小姐，您对令姐如何评价？

比恩卡 她自己是疯子，配个疯汉也不差。

葛莱米奥 我担保彼特鲁乔会被凯特拿下[2]。

巴普提斯塔 各位高邻宾朋，尽管酒宴座位上

缺席了新娘新郎，

却不缺甜点宴飨。

路森修，新郎的席位由你李代桃僵，

让比恩卡坐在她姐姐的位置上。

特拉尼奥 可爱的比恩卡就要学着当新娘了么？

巴普提斯塔 是该她了，路森修。来，诸位，我们进去。 众人下

1 此句呼应《摩西十诫》中的第十诫（*Tenth Commandment*），其中列举了不可贪恋的财产。
2 被凯特拿下（Kated）：Kate 用作动词，意为"与凯特结合"或者"染上'凯特症'"。

第三场 / 第五景

乡村住宅

格鲁米奥上

格鲁米奥 呸！所有跑不动的驽马，发了狂的主人，泥泞的道路，统统见鬼去！有谁挨这么一顿打？有谁弄得这么脏兮兮？有谁累得这么惨兮兮？他们打发我先回来生火，好自己到家就取暖。咱要不是个头儿小，像个小水壶热得快[1]，早就嘴唇冻上了牙齿，舌头冻到了上颚，心脏冻进肚子里了，哪里还能走到火炉边让自己融化。咱吹吹火，暖暖身子，盘算着这天气，换个个头儿比咱高的早就感冒了。喂，嗬，寇提斯！

寇提斯上

寇提斯 谁喊得这么凉津津的？

格鲁米奥 是一块冰，如果你不相信，只要不碰到脑袋和脖子，你可以从我的肩膀"滋溜"一下子滑到脚踝。生火，好寇提斯。

寇提斯 大爷和夫人要来了，格鲁米奥？

格鲁米奥 啊，是的，寇提斯，是的。所以，生火，生火，别浇水。[2]

寇提斯 她真像人们说的那样，是一个火气很大的泼妇么？

格鲁米奥 好寇提斯，在这场严寒之前，她的确如此。你知道的，冬

---

1 小水壶热得快（little pot and soon hot）：指小壶烧水开得快，即人小容易脾气躁（谚语）。
2 指苏格兰轮唱曲歌词："苏格兰在燃烧，苏格兰在燃烧／看那边！看那边！／火，火！火，火！／快泼水！快泼水！"

天能驯服男人、女人和牲口，[1] 它已经驯服了我的旧主人、新主妇和我自己，寇提斯伙计。

寇提斯 滚，你这三寸丁！我不是牲口。[2]

格鲁米奥 我只有三寸长么？呀，你的乌龟头上长了一尺长的角，我至少也有那么长吧。[3] 你还生不生火了？不然我到夫人那里告你一状，说你生火的事办得太慢，这儿的舒服有点儿冰凉，她的巴掌马上就到，让你很快尝尝火辣辣的滋味。

寇提斯 求求你，好格鲁米奥，请告诉我，外面的世界怎么样了？

格鲁米奥 寇提斯，一个寒冷的世界，只有你的工作热乎，生火吧，干你的活儿，拿你的钱，大爷和夫人快要冻死了。

寇提斯 火生好了。好格鲁米奥，讲点儿新闻吧。

格鲁米奥 哎，"杰克，伙计！呵，伙计！"[4] 你想要多少新闻就有多少新闻。

寇提斯 得啦，你这人太会弄鬼了！

格鲁米奥 哎，生火吧，我就弄了个重感冒。厨子在哪儿？晚餐做好了？房子准备了？地板上灯芯草铺好了？[5] 蜘蛛网打扫干净了？仆人们都穿上了崭新的粗布白袜？管事的都穿上了婚礼服？男男女女，大杯[6] 小盏[7]，里面都弄漂亮了？外面都搞清爽了？桌布挂毯都铺好了？一切准备就绪了？

寇提斯 全都准备好了。请你讲讲新闻吧。

---

1 此句化自谚语 winter and wedlock tame both man and beast（冬天与婚姻，驯人也驯牲）。

2 格鲁米奥自比牲口后称寇提斯为伙计，寇提斯反感其弦外之音。

3 此句意为"我或我的阴茎至少长到让你戴绿帽子"，回击对方的侮辱话"三寸丁"。

4 此句典出轮唱曲："杰克，伙计！呵，伙计，新闻 / 猫儿在水井里"。

5 灯芯草铺在地板上是伊丽莎白时期的惯常做法。

6 大杯（jacks）：指男仆或皮革的饮用容器。

7 小盏（jills）：指女仆或金属的饮用容器。

格鲁米奥	首先，你要知道，我的马乏了，大爷和夫人都掉了下来。
寇提斯	怎么了？
格鲁米奥	从马鞍上掉进泥沼里了，马上就有了故事。
寇提斯	好格鲁米奥，跟我们分享啊。
格鲁米奥	附耳上来。
寇提斯	来了。
格鲁米奥	去吧。（打他）
寇提斯	你这个故事不是耳闻，是手动的啊。
格鲁米奥	所以这故事才叫有感觉，这一巴掌打在你耳朵上，叫你好好听我讲。首先[1]，我们从一个泥泞的山岗下坡，大爷骑在夫人后面——
寇提斯	两人合骑一匹马么？
格鲁米奥	这与你何相干？
寇提斯	啊，与马相干。
格鲁米奥	这故事你来讲啊。你如果不打岔，早就知道了夫人的马怎么倒下，她被压在马下；你也会知道像个什么样的沼泽地，她如何睡在烂泥巴里，大爷怎么把她扔在马下面不管她；还有马失前蹄我却挨了打，她如何蹚过泥沼把他从我这里扯开；大爷如何骂人，夫人如何哀求（她一辈子也没有那样哀求过）；我怎么哭了，马匹怎么都跑了，她的缰绳怎么断了，我怎么丢掉马后鞧，这么多有价值的回忆，却因此湮没无闻，你死进坟墓也长不了这份见识。
寇提斯	由此看来，大爷比夫人还泼辣些。
格鲁米奥	是啊，他一回家，你，你们中谁胆量大的马上就知道了。我干吗跟你啰唆这些？去叫纳撒尼尔、约瑟夫、尼古拉斯、

---

1 首先（*Imprimis*）：拉丁语。

菲利普、沃尔特、休格索普这帮人出来吧。叫他们把头发梳得光溜溜的，蓝大衣刷得亮闪闪的，吊袜带系得好好的。叫他们行礼时别忘了屈左膝[1]，亲吻自己的手之前[2]，别动大爷马尾巴上的一根毛。他们都准备好了吗？

寇提斯 都准备好了。

格鲁米奥 叫他们出来。

寇提斯 喂，你们听见没有？必须先迎接大爷，再给夫人一点儿脸面[3]。

格鲁米奥 夫人自己长着脸呢。

寇提斯 这个谁不知道呢？

格鲁米奥 你好像不知道，是你叫这些人来给夫人一点儿脸面的。

寇提斯 我是叫他们来送上恭贺[4]。

四五个男仆上

格鲁米奥 嗨，夫人又不来找他们要钱。

纳撒尼尔 欢迎回家，格鲁米奥！

菲利普 你好，格鲁米奥！

约瑟夫 啊，格鲁米奥！

尼古拉斯 格鲁米奥伙计！

纳撒尼尔 你好么，老小子？

格鲁米奥 欢迎，你。——你好，你。——啊，你。——伙计，你。（跟每个男仆打招呼）——咱们算是——打过招呼了。动作麻利的伙计们，一切准备好了，东西也齐整了？

---

1 先屈右腿者被认为傲慢。

2 先吻自己的手表示对上司的尊敬。

3 脸面（countenance）：意为"尊敬"（下一行格鲁米奥取其双关义"脸"）。

4 恭贺（credit）：意为"尊敬"（下一行格鲁米奥取其双关义"为……提供金融贷款"）。

纳撒尼尔	一切都准备好了。大爷离家还有多远？
格鲁米奥	马上就到，这会儿该下马了，所以，你们不可——天哪， 肃静！我听见大爷的声音了。

彼特鲁乔与凯特上

彼特鲁乔	这些混蛋哪儿去了？门口没有仆役 帮我扶马镫或者牵马匹？ 纳撒尼尔、格利高里、菲利普，都在哪里？
众男仆	到，到，大爷，到，大爷。
彼特鲁乔	到，大爷，到，大爷，到，大爷，到，大爷！ 你们这些粗鲁汉，笨得像木桩一个个！ 什么？不来服侍，不讲名分，不尽职责？ 我打发先回家的那个笨蛋呢？
格鲁米奥	在这里，大爷，还是跟先前一样的笨拙。
彼特鲁乔	你个乡巴佬，慢吞吞，婊子养的蠢货， 难道没有吩咐你把这批奴才集合 领到狩猎围场来迎接我？
格鲁米奥	大爷，纳撒尼尔的大衣还没完竣， 加百利的鞋子还没有装饰到鞋跟， 彼得的帽子没刷黑，可碳粉已用尽， 沃尔特的刀鞘锈住了，他拔不出兵刃， 只有亚当、拉夫、格利高里的衣着还算齐整， 其余的都破衣烂衫，像群讨饭人， 但还是一起前来欢迎您。
彼特鲁乔	去，混蛋，去把晚餐端上来。　　　　　　　众男仆下 （唱） "才告别了我的好时光，

却不知它飞逝在何方—"[1]

坐下，凯特，欢迎。（他们坐下）—嗖[2]，嗖，嗖，嗖！

众仆人持晚餐上

怎么，才上上来？别，甜美的好凯特，你应当开心。——
给我脱靴，你们这些流氓、无赖，烦人！（一仆人给他脱靴）
（唱）
"方济各会有个灰衣派修士，
他出门游历四方—"[3]
啊，你混账！你把我的脚拔坏，
赏你一脚，（踢他）脱另一只时就会小心对待。
开心点儿，凯特。——喂，拿水来，啊！

一仆人持水上

小子，去，我的猎犬特洛伊罗斯[4]在不在？
去把我的表兄弟费迪南德[5]也叫来。——
凯特，你也应该与他相吻结交。——
再加点儿水，还有我的拖鞋何在？
来，凯特，洗洗手，衷心欢迎与接待。——
（仆人失手泼水地上）
故意把水往地上泼，婊子养的你真坏！（打仆人）

凯特　　　　　请不要生气，他这是无意的过失。

彼特鲁乔　　狗娘养的棒槌，耳朵长的草包！——

1　一首已佚歌谣中的两行。
2　嗖（Soud）：语义不详，也许是不耐烦或者绝望时的感叹语，许多校订者修订为 Food。（此
　处音译。——译者附注）
3　歌谣片段（也许有点儿黄，已佚失）。
4　特洛伊罗斯（Troilus）：此名暗含"忠诚"之义。
5　费迪南德（Ferdinand）：此人从未出现。

	来，凯特，坐下，我知道你胃口好。
	是你来做感恩祷告，甜美的凯特，还是我来祈祷？
	这是啥，羊肉？
仆人甲	是的。
彼特鲁乔	谁端上来的？
彼得	是我。
彼特鲁乔	烤焦了，一盘子肉全部烤煳。
	你们这些狗东西，怎么不见那个混账大厨？
	知道我不爱吃这种东西，竟敢胆子粗
	从厨房的案桌上把它们端出？
	喏，盘子杯子一切一切你们都拿回去，
	（向众仆人扔肉和盘子）
	你们这些笨蛋没有头脑不懂规矩，
	我来给你们算算账，干吗还在嘀嘀咕咕？
凯特	请夫君莫生气，免烦恼，
	要知足，这羊肉烤得还算好。
彼特鲁乔	告诉你，凯特，已经烧枯烤焦，
	羊肉碰都不能碰，医生已明言相告，
	肉焦生胆汁，吃了脾气躁。
	既然你我两人性子暴，
	不如一同节食方为好，
	远比进食这种烤肉妙。
	耐点儿烦，明早肉食好好烤，
	今天我俩一起饿通宵，
	来啊，我领你去新房睡觉。 同下

众仆人分头上

纳撒尼尔　彼得，以前见过这种事情没有？

彼得　他这是以其人之道，还治其人之身。

格鲁米奥　他在哪里？

仆人寇提斯上

寇提斯　在新房里，给她大讲特讲要节制，

满嘴责备詈骂兼发誓，

可怜的新娘看也不敢看，说也不敢说，站着也不是，

只有呆坐着，像是刚从睡梦里

醒来。快走，快走，大爷要来这里。　　　　　　　众人下

彼特鲁乔上

彼特鲁乔　就这样巧妙地开始驯政，

我希望结局能大功告成。

我的猎鹰[1]非常饿，腹内空空，

她不能饱餐，除非她对我言听计从，

面对诱饵熟视不见形。

还得想办法控制我的母鹰，

呼之即来，全凭主人的号令。

看住她，不让她睡觉，像看住猛禽，

扑腾振翅一直到俯首听命。

她今天没吃肉，明天也无肉供应，

她昨晚没睡觉，今晚也睡不成。

就像嫌肉没烧好，还要鸡蛋里面把骨头寻，

就说这床铺得八落七零，

枕头这边丢，靠垫那边扔，

1　指凯特；驯服野鹰的方法有连续观察法、睡眠剥夺法和饥饿法。

床罩不中意，床单也不行。
还满口表白，这一片喧嚣和骚动，
全是我对她的爱惜与尊敬。
总之，她整夜不睡觉，双眼睁，
如果她打盹儿，我就闹个乱哄哄，
大声责骂，吵得她坐卧不安宁。
似这般御妻室巧借体贴的美名，
改一改她暴躁倔强的禀性。
谁还有驯悍妇的妙计高招，
请不吝赐教，鄙人洗耳恭听。 （下）

第四场　/　第六景

帕度亚

特拉尼奥与霍坦西奥上

特拉尼奥　　李提奥朋友，比恩卡小姐除了我路森修
　　　　　　是否还有可能选别人做男朋友？
　　　　　　先生，跟你说吧，她对我颇有好感呢。
霍坦西奥　　先生，为证明我刚才所言不虚有来由，
　　　　　　且起过一旁，看他如何将小姐来教授。

比恩卡与路森修上

路森修　　小姐，最近读书是否颇有心得？
比恩卡　　老师，请先回答我，您在读什么书？

路森修　　　我一边读一边教《爱的艺术》。

比恩卡　　　老师，但愿您成为大师，把这门艺术精熟。

路森修　　　亲爱的，但愿你成为女主人，把我的心房占据。（与比恩卡
　　　　　　一旁交谈）

霍坦西奥　　提升好快[1]啊！现在，请告诉俺，
　　　　　　比恩卡小姐是否如你发誓所言
　　　　　　只爱你路森修，不爱别的儿男？

特拉尼奥　　啊，水性杨花的女子，令人苦恼的爱恋！
　　　　　　跟你讲，李提奥，这件事让我很失算。

霍坦西奥　　实不相瞒，我不叫李提奥，
　　　　　　也不是个来教音乐的家教，
　　　　　　似这般乔装改扮本应讥嘲，
　　　　　　谁知这娘们把我这堂堂绅士抛，
　　　　　　却把那混蛋当作天神拜倒。
　　　　　　我的真名是霍坦西奥，请先生知晓。

特拉尼奥　　霍坦西奥先生，在下久闻
　　　　　　你对比恩卡小姐一往情深，
　　　　　　亲眼见小姐是个轻薄之人，
　　　　　　如蒙不弃，咱俩义结同心，
　　　　　　一起把这段情丝剪断割尽。

霍坦西奥　　看哪，路森修先生，他们在接吻调情！
　　　　　　让我执子之手盟誓，掷地有声，
　　　　　　永不向她求婚，将她移出我心中，
　　　　　　这妮子实在不值得我先前用情，

---

1 提升好快（Quick proceeders）：此句暗指从学士学位升到硕士学位。（而 bachelor [学士]
　的另一个意思是"单身汉"。——译者附注）

我竟然傻乎乎地曲意奉承。

特拉尼奥 我也在此盟誓，同样诚恳，

即便是凰求凤，我也不会与她结婚。

见鬼去吧！她勾引男人的样子真恶心！

霍坦西奥 除了那小子，但愿别人把这丫头拒绝干净！

至于我，一定会讲信用，

三天后，我将与一位富孀拜堂成亲，

这些时，她对我爱意浓浓，

我却迷恋这头心高气傲的悍鹰。

再见了，路森修先生，

女人的心眼好，而不是凭姿容，

才能赢得我的爱心。就此道一声珍重，

我既已发誓，必定守信至诚。 下

特拉尼奥 比恩卡小姐，祝小姐诸事胜意，

有情人爱情美满甜蜜！

别不好意思，适才将你们的秘密尽收眼底，

遂与霍坦西奥一道发誓把您舍弃。

比恩卡 特拉尼奥，你真会开玩笑。你俩真的发誓不再追求我了？

特拉尼奥 是的，小姐。

路森修 我们再无李提奥打扰了。

特拉尼奥 的确，他相中了一位风流寡妇，

准备一日之内从求婚办理到嫁娶。

比恩卡 上帝保佑他幸福！

特拉尼奥 嗯，他还要把人家驯服。

比恩卡 他这么说说呗，特拉尼奥。

特拉尼奥 是真的，他进了御妻学校。

比恩卡 御妻学校？竟有这么一个所在？

特拉尼奥	嗯哪，小姐，校长就是彼特鲁乔， 专教三十一式[1]驯妇高招， 封住唠叨寡嘴，治得悍妇求饶。

比昂台罗上

比昂台罗	啊，少爷，少爷！我守候了这么久， 累得像条狗，终于守株待兔， 从山上下来一位天使般的老看守， 可以满足咱们的要求。
特拉尼奥	比昂台罗，他是个干什么的人？
比昂台罗	少爷，他是个学究，也许是个商人[2]， 我还没有搞清楚。不过他衣着拘谨， 举止僵硬，面容古板，可以做个老父亲。
路森修	找他来干什么，特拉尼奥？
特拉尼奥	如果他肯轻易相信我的胡诌， 定叫他心甘情愿冒充老爷文森修， 就像他真的是老爷，而不是学究， 向巴普提斯塔·米诺拉许诺聘礼丰厚。 您带爱人进去吧，这里由我来运筹。　　路森修与比恩卡下

一老学究上

老学究	上帝保佑您，先生！
特拉尼奥	也保佑您，先生！欢迎欢迎， 您到此地待多久，还是路过要远行？
老学究	先生，最多一两个星期的光景， 然后远足旅行罗马城，

1　三十一式（eleven and twenty long）：典出"三十一点"纸牌游戏，意为"恰好，十分正确"。
2　商人（*mercatante*）：意大利语。

	最终去到的黎波里市，如果上帝假我寿命。
特拉尼奥	请问您从哪里来？
老学究	曼图亚。
特拉尼奥	曼图亚么，先生？天啊，嘘声！ 那还敢到帕度亚来，难道您不想活命？
老学究	活命？为啥，先生？请问这是什么意思？
特拉尼奥	曼图亚人闯进帕度亚就是死路一条， 其中的缘故我告诉您知道， 你们的船只被扣留，在威尼斯停靠， 只因双方的公爵为私事争吵， 此地已公布告示满城知晓， 这么大的事，也许您是初来乍到， 不然早就耳闻目睹或被知照。
老学究	哎呀，先生，这可让我更为难， 我有从佛罗伦萨寄来的汇款单， 要在此地兑换提现款。
特拉尼奥	好吧，先生，我们给您办，不客气， 也算是帮个忙，还要给您出主意。 请先告诉我，您是否去过比萨市？
老学究	是的，先生，我经常去比萨市， 那也是学风闻名遐迩之地。
特拉尼奥	您是否认识一个比萨人名叫文森修？
老学究	我不认识，但早就听说 此人是巨商富贾。
特拉尼奥	他就是家父，不瞒您说， 您的容貌酷似家父。
比昂台罗	（旁白）像是说苹果酷似牡蛎，其实毫不搭。

特拉尼奥　　老先生身处危难我搭救相帮，
　　　　　　　出于善心，委屈您把家父冒仿，
　　　　　　　也多亏您幸运无妨，
　　　　　　　与家严文森修的相貌相当，
　　　　　　　在此地可顶着家父的声名威望，
　　　　　　　住进寒舍，款待您宛如亲爹一样，
　　　　　　　只是言行举止要谨慎提防。
　　　　　　　听明白了吧？老先生？您在此地徜徉，
　　　　　　　直到把事情办完去远方，
　　　　　　　收下我这番好意，请您切勿辞让。

老学究　　啊，先生，您庇护我的自由与生命，
　　　　　　　如此大恩大德理应受到我的尊敬。

特拉尼奥　　要付诸行动，您得跟我一起去，
　　　　　　　哦，还有一件事情我得给您说清楚，
　　　　　　　每日里我企盼家父，
　　　　　　　要他在聘礼上拍拍胸脯，
　　　　　　　我与巴普提斯塔的女儿谈论嫁娶，
　　　　　　　各种情形会教您如何对付，
　　　　　　　先跟我去寻合适您的衣服。　　　　　　众人下

第四幕

第一场 / 第七景

乡间住宅

凯瑟丽娜与格鲁米奥上

格鲁米奥 不，不，真的，这辈子也不敢了。

凯特 我越是受委屈，他越是把我折磨得厉害，

什么，他娶了我就是要把我饿坏？

纵然是来到家父府上的乞丐，

只要开口也立刻会受款待，

这家不给吃，别人也会施慈爱。

我却从来不知道伸手乞讨，

从小就不需要把口开，

如今缺觉头昏眼花，缺食饥饿难挨，

咒骂声声不让我合眼，喧嚷连连是我的饭菜，

比缺觉绝食更让人烦恼不快，

他居然打着怜香惜玉的招牌，

像是有人说，我只要一合眼或进食，

不是患绝症便会有血光之灾。

请你去给我弄些吃的来，

不管是什么，只要还能吃、没有坏。

格鲁米奥 您觉得来只牛蹄膀怎么样？

凯特 好极了，请你端上来吧。

格鲁米奥 恐怕这种肉吃了易上火，

　　　　　　　您觉得烤牛肚如何？

凯特　　　　很喜欢，好格鲁米奥，给我拿来吧。

格鲁米奥　　我不放心，恐怕吃了脾气躁。

　　　　　　　来一块芥末牛肉好不好？

凯特　　　　那正是我喜欢吃的一道菜。

格鲁米奥　　嗯，但是芥末太辣了点儿。

凯特　　　　那就只上牛肉好了，不劳神芥末。

格鲁米奥　　那哪行啊？芥末您得放，

　　　　　　　不然格鲁米奥没有牛肉上。

凯特　　　　放也行，不放也好，随便上，别的什么也无妨。

格鲁米奥　　哦，那就只上芥末，没有牛肉。

凯特　　　　滚！（打他）你这奴才说假话哄人，

　　　　　　　竟拿报菜名来寻我开心，

　　　　　　　你们一伙滚一边去悔恨，

　　　　　　　我倒霉你们却得意万分。

　　　　　　　滚，你给我滚！

彼特鲁乔与霍坦西奥端肉上

彼特鲁乔　　凯特，你好吗？什么，甜心，不顺心？

霍坦西奥　　嫂子，可好？

凯特　　　　坏透了啊。

彼特鲁乔　　冲我笑一个，别垂头丧气，

　　　　　　　亲爱的，你看我多么勤奋努力，

　　　　　　　亲自烧了肉来献给你，

　　　　　　　甜美的凯特，这份好心肯定值几分谢意。

　　　　　　　怎么，一个字也没有？看来你不喜欢吃，

　　　　　　　我的殷勤全是白费力。

　　　　　　　来，把它撤了下去。

凯特	请你把它留在这里。
彼特鲁乔	最些微的服务，也会得到一声谢谢，
	你在吃肉之前，应该谢谢我才是。
凯特	谢谢你，夫君。
霍坦西奥	彼特鲁乔先生，这便是你的不是，
	来，凯特嫂夫人，我陪你一起吃。
彼特鲁乔	（旁白）霍坦西奥，请你吃独食，如果咱哥们情义不浅。
	也对得起你柔情纤纤！——

（霍坦西奥端走盘子，不让凯特吃）

凯特，你快点儿吃。好了，我的宝贝心肝，

我们就要回你的娘家一转，

打扮要漂亮，穿戴得体面，

丝绸衣帽金戒指，

撑开的衬裙、浆洗的硬领、袖口绣花边、

披巾、香扇，什么都备两套换，

琥珀镯子、珍珠项链，还有其他装饰件。

怎么，还没吃完？裁缝已静候了半天，

绣花新衣把我的娘子装扮。

裁缝持礼服上

来吧，裁缝，我们看看这些花边儿。

帽商持帽上

把礼服展开。——先生，你有什么事？

帽商	给您带来定做的帽子。
彼特鲁乔	啊，样子像只盛粥的碗，
	天鹅绒的盘儿，呸呸，廉价又难看，
	它是胡桃壳还是小海扇？
	什么玩意儿，玩具，摆设，还是婴儿帽？

拿走，去，找顶大的来更换。

凯特　　　　大的我不要，这顶挺新潮，

　　　　　　温柔淑女如今都戴这种帽。

彼特鲁乔　　等到你变温柔些，可以弄一顶戴戴，

　　　　　　但不是现在。

霍坦西奥　　（旁白）那得有大把的时间等待。

凯特　　　　啊，夫君，我相信我也有说话的权利，

　　　　　　在此直言，我不是婴儿也不是孩子，

　　　　　　你的尊长也允许我直抒胸臆，

　　　　　　你如果不乐意，最好把耳朵塞起，

　　　　　　我的舌头将宣泄怒气，

　　　　　　不能把它憋屈在心里，

　　　　　　涨破了心脏。我将无束无拘，

　　　　　　掏出心窝中的话语。

彼特鲁乔　　你说得太对了，这顶帽子微不足道，

　　　　　　像蛋羹壳子，滑溜溜的馅儿饼，徒有其表，

　　　　　　我更爱你了，如果你不喜欢这顶小帽。

凯特　　　　爱我也好，不爱我也罢，我就喜欢这顶小帽，

　　　　　　要么戴着它，要么什么都不要。　　　　　　帽商下

彼特鲁乔　　你的礼服呢？真是的。来，裁缝，我们瞧瞧。

　　　　　　哎哟，上帝！这是不是假面舞会上的戏袍？

　　　　　　这是啥？袖子？就像一尊加农大炮。

　　　　　　挖洞开口，这里剪条缝，那里裁一刀，

　　　　　　活像个苹果蛋挞开裂缝儿不小，

　　　　　　还像是理发店里的香炉真可笑，

　　　　　　他妈的！裁缝，你把这个怎么叫？

霍坦西奥　　（旁白）看样子，她既戴不了礼帽，也穿不成礼袍。

裁缝	您吩咐我按照时兴的样子，
	精心裁剪成这种款式。
彼特鲁乔	天啊，我说过的话，如果你还记得熟，
	没有叫你反着时代的节奏走，
	滚回家去，跳过条条下水沟，
	小子，丢掉我的生意你要去跳楼，
	我不要这东西，滚，拿去自用且将就。
凯特	我从未见过一件让人赞不绝口的礼袍，
	比这件更考究、更好看、更时髦，
	你们大概想把我当木偶搞。
彼特鲁乔	啊，对了，他想把你当木偶搞。
裁缝	她说您想把她当木偶搞。
彼特鲁乔	你撒谎，狂妄嚣张的家伙，舞针弄箍的裁缝，
	长的短的量衣尺，尺把高的三寸丁！ [1]
	你是跳蚤、幼卵、冬天里的蟋蟀虫！
	拿着个线团，就敢来府上撒泼发疯？
	滚，你这破布头、报废料、零杂碎，
	要不要我用你裁缝的尺子训裁缝？
	也是给你胡言乱语长记性，
	告诉你，这件礼袍被你剪坏了，不能用！
裁缝	老爷您弄错了，这件礼袍的定制
	正是按照老爷您的用意，
	格鲁米奥来传达的指示。

---

1 原文五个码尺（一码［yard］、四分之三码［three-quarters］、半码［half yard］、四分之一码［quarter］、二又四分之一英寸［nail］）没有一一照字面翻译，为押韵引申添译"三寸丁"。——译者附注

格鲁米奥	我没有给他指示，只给了他材料。
裁缝	那你希望我该怎么做？
格鲁米奥	天啊，用针缝用线连啊。
裁缝	你没有叫我把布料裁开？
格鲁米奥	好几处你都缝了花样 [1] 吧？
裁缝	是的，缝了。
格鲁米奥	你别给我玩花样。你做 [2] 了许多衣服，但是你做不到我头上。我既不穿你的衣服，也不吃你的花样。跟你讲，我叫你的师傅把布料裁成礼袍，没有叫他裁成这么一小片一小片的。因此 [3]，你撒谎。
裁缝	得，我这里有式样记录为凭。（展示纸条）
彼特鲁乔	读一读吧。
格鲁米奥	如果他说我说过，那么记录就长在他嘴巴上——他说圆就圆，他说扁就扁。
裁缝	（读）"首先，礼袍下身要宽松 [4]。"
格鲁米奥	大爷，我要是说过礼袍下身宽松的话，把我缝进它的下摆，用棕色线团把我砸死好了，我说的是：一件礼袍。
彼特鲁乔	往下读。
裁缝	（读）"披肩的边呈弧线形。"
格鲁米奥	我承认说过披肩。
裁缝	（读）"灯笼袖子。"
格鲁米奥	我说的是两只袖子。

---

1 花样（faced）：意为"装饰了"，下一句格鲁米奥的话双关其"对抗"的意思。（此双关的翻译参考了梁实秋的译文。——译者附注）

2 做（braved）有两层含义：（1）给……提供衣服；（2）藐视。

3 因此（Ergo）：拉丁语。

4 礼袍下身要宽松（a loose-bodied gown）：此句暗含另一个意思："为放荡的女人设计的"。

裁缝	（读）"袖子剪裁都要别具一格。"
彼特鲁乔	对，事情坏就坏在这里。
格鲁米奥	纸条上错了，先生，纸条上错了。我要求的是把袖子裁下来再缝上去。哪怕你小指上戴着顶针，我也要与你用拳头对对清楚。
裁缝	对头，咱们出去找个合适的地方，你就不会不承认了。
格鲁米奥	我已经准备好了，你拿着纸条，我拿着你的尺子，别客气！
霍坦西奥	天啊，格鲁米奥，那他就剩不下任何优势了。
彼特鲁乔	呃，先生，一句话，这件礼袍不是给我的。
格鲁米奥	完全正确，大爷，这件礼袍是给太太的。
彼特鲁乔	去，把它卷起来给你的师傅用去[1]。
格鲁米奥	坏蛋，你敢卷起咱太太的袍子，给你的师傅用去？
彼特鲁乔	怎么，小子，这话韵[2]的是什么味儿？
格鲁米奥	这话"孕"的比您想的深： 卷起您太太的袍子，让他的师傅来享用！ 啊，呸，呸，呸！
彼特鲁乔	（旁白。对霍坦西奥）霍坦西奥， 你让他们给裁缝付工钱。—— （对裁缝）走，拿走，走吧，别再多言。
霍坦西奥	（旁白。对裁缝）裁缝，礼袍的钱我明天支付， 他那些刺耳的话你别往心里去，

---

1 把它卷起来给你的师傅用去（take it up unto thy master's use）：在下一句格鲁米奥的回答中，他把"拿起"（take up）解读为"撩起"（pull up），把"使用"（use）解读为"性用途"（sexual usage）。

2 韵（conceit）：意为"主意"，与"阴道"形成双关。

走吧，捎一声问候给你的师傅。　　　　　　　　　　裁缝下

彼特鲁乔　　好啦，来，我的凯特，我们就往你父亲的家里去，

身穿家常便服虽简朴，

咱们衣裳破旧钱包鼓，

因为心灵才使身体富。

最黑暗的乌云无法把太阳裹住，

高尚的光芒总能穿透衣裳褴褛。

松鸦怎能说比云雀更高贵，

虽然它的羽毛更靓丽夺目。

蝮蛇的皮肤斑斓饱眼福，

它的身价却高不过鳗鱼。

啊，不，好凯特，你身穿粗布衣服，

丝毫不减身价，也不失为霞姝，

责备我好啦，如果你觉得是耻辱。

来，高兴点儿，我们就此启程去，

在你父亲的府上吃饱玩足。——

（对格鲁米奥）去，把仆人喊来，我们径直前去，

叫他们把马匹牵到长廊深处，

我们从那儿上马，这几步路程走过去。

我看这会儿是七点左右，

到达府上差不多就是中午。

凯特　　　　夫君，我斗胆说，现在快两点，

等你赶到，都赶不上晚饭[1]。

彼特鲁乔　　我要到七点钟才上马，

瞧，我说啥，我做啥，我想的啥，

1　晚饭一般在六点钟左右。

你总是跟我唱反调。小的们，都回家，
我今天不去了。如果你们要我去的话，
我说几点就是几点吧。

霍坦西奥　　　（*旁白*）怎么，太阳也要归这位勇士管辖？

众人下

第二场　　/　　第八景

帕度亚

特拉尼奥乔装成路森修与打扮成文森修的老学究上。老学究光着头，穿着靴子

特拉尼奥　　先生，这府上就是了，要不要我去叫门？

老学究　　　这还用问吗？要是我没搞错，
巴普提斯塔先生或许还认得我，
差不多二十年前在热那亚，
我们在"飞马"旅馆一起住过。

特拉尼奥　　好啦，千万别忘记您现在的身份，
严厉点儿，怎么也得像个父亲。

比昂台罗上

老学究　　　我向您保证。先生，来了您的跟班，
他也得好好地训练训练。

特拉尼奥　　您别担心他。——比昂台罗，你小子，
做好你的本职工作，我再叮嘱你，
就把这位当成文森修本尊来服侍。

比昂台罗	嘿，别操我的心。
特拉尼奥	你有没有把话送到巴普提斯塔那里？
比昂台罗	我告诉他您老爷到了威尼斯，
	指望他今天来到帕度亚市。
特拉尼奥	你小子好样的，拿着，（递过钱）去买杯酒吃，
	巴普提斯塔来了，先生，快扮着父亲的样子。

巴普提斯塔与路森修上

　　　　　　　巴普提斯塔先生，我们很高兴见到你，
　　　　　　　（对老学究）父亲，这就是我给您说起过的那位绅士，
　　　　　　　求您成全，好父亲，允许
　　　　　　　我与比恩卡小姐结为连理。

老学究　　等一等，儿子！
　　　　　　　先生，请听我说，我为追讨几笔款项，
　　　　　　　来到了帕度亚，听儿子路森修言讲，
　　　　　　　知道了人生喜事一桩，
　　　　　　　乃是他与令爱处对象。
　　　　　　　欣闻您老的盛名威望，
　　　　　　　更兼小两口的情爱深长，
　　　　　　　我乐见他们早日成亲拜堂，
　　　　　　　也好了却做父亲的愿望，
　　　　　　　如果您也满意，心情与我一样，
　　　　　　　我们就制作文书，签字盖章。
　　　　　　　至于所需聘礼与财产新房，
　　　　　　　我定当乐于从命，立即奉上。
　　　　　　　巴普提斯塔先生，久闻您大名，
　　　　　　　我就不拘细节了，一切好商量。

巴普提斯塔　先生，我很高兴您说话直截了当，

也恕我直言把心里话儿讲。
的确，路森修，您的儿郎，
他与小女儿情深意长，
除非他们都做了精心的伪装。
因此，如果您的想法与我相仿，
作为父亲您替令郎做主，
给小女许诺的聘礼相当，
这门亲事可以一言为定，
我同意将女儿许配令郎。

特拉尼奥　谢谢您，岳父。您看中了何地
我们俩可举行订婚仪式，
也方便双方立约签字？

巴普提斯塔　路森修，你知道寒舍不大适合，
水罐有耳[1]，我又仆人众多，
老葛莱米奥还在等待时机，
他也许会前来搅和一气。

特拉尼奥　那就改在舍下，如果您愿意，
时间就定在今晚，家父也在那里客居，
我们正好悄悄地办妥婚事，
去请小姐就烦劳这位教师，（指着路森修并向他眨眼睛）
聘请文书[2]我立刻派这小子。
唯恐不周的是准备不及，
招待只有将就薄酒一席。

巴普提斯塔　我很满意。坎比奥，快回府去，

1　水罐有耳（Pitchers have ears）：水罐（pitchers）两边有手柄（ears），暗指有人偷听（谚语）。
2　文书（scriv'ner）：获授权起草法律合同的书吏。

吩咐比恩卡打扮梳洗，

把来龙去脉——说起，

路森修的父亲到了帕度亚市，

她马上就要做人家的儿媳。　　　　　　　　　路森修下

比昂台罗　我衷心祷告神明，让她如意！　　　　　　　　　下

特拉尼奥　就别打搅神明了，快快走吧。

彼得上

巴普提斯塔先生，请跟我走，

欢迎您，这次款待只有淡饭薄酒，

等您到比萨，我们补办美酒恭候。

巴普提斯塔　请带路。　　　　　特拉尼奥、老学究与巴普提斯塔下

路森修乔装为坎比奥与比昂台罗上

比昂台罗　坎比奥！

路森修　什么事，比昂台罗？

比昂台罗　您看见我家"少爷"冲您眨眼睛笑么？

路森修　那有什么，比昂台罗？

比昂台罗　没有什么啊。他让我落在后面跟您解释那些暗号的寓意。

路森修　什么寓意？请讲。

比昂台罗　是这样的：巴普提斯塔那里没有问题了，他正在和一个冒牌的父亲谈论他骗人的儿子的婚事。

路森修　他说了什么要紧的么？

比昂台罗　他的女儿由您带去吃饭。

路森修　然后如何？

比昂台罗　圣路加教堂里的老牧师随时为您服务。

路森修　这一切都有什么寓意呢？

比昂台罗　我可说不上来了，他们忙于制作假冒的婚姻契约，您跟她

把事办了，版权所有 [1]。去教堂找牧师、执事，还要找几个可靠的证婚人，如果这不是您一直寻求的机会，我还能说什么呢，跟比恩卡道一声永别吧。

路森修 听我说，比昂台罗。

比昂台罗 我等不及了。我认识一个女的，到园子里找芹菜喂兔子，下午就跟别人结了婚，您也会的，少爷。再见了，少爷。我家那位"少爷"派我到圣路加教堂去，让牧师做好准备，恭候您带上另一半 [2] 前往。　　　　　　下

路森修 我会的，一定会的，如果她允许。

她一定愿意，那我还有什么疑虑？

该发生点儿什么了，我去跟她单刀直入 [3]，

坎比奥若是搞不定她，就会难受不舒服。　　　　下

第三场　／　第九景

路上

彼特鲁乔、凯特、霍坦西奥及众仆人上

彼特鲁乔 快点儿，妈的，出门再次拜访老丈人，

---

1 版权所有（*cum privilegio ad imprimendum solum*）：拉丁语，意为"版权所有"，书的扉页上所印的版权保护语，此处含"婚姻与生育"之义。

2 另一半（appendix）：意为"附属物"（即比恩卡；同时延续"翻印"的暗喻）。（译文暗指 significant other。——译者附注）

3 此句亦或有性暗示。

天啊，天上的月亮照得亮晶晶！

凯特　　　　月亮？那是太阳，这不是月照时分。

彼特鲁乔　　我偏说月亮照得亮晶晶。

凯特　　　　明明是太阳照得亮晶晶。

彼特鲁乔　　指着我母亲的儿子起誓——那还是我自身，

我说是啥就是啥，管它是太阳还是星辰，

不然不去拜访你父亲。——

（对众仆人）小的们，打马回家门。——

你还在跟我结筋绊筋筋缠筋。

霍坦西奥　　（对凯特）就依了他吧，不然大家都走不成。

凯特　　　　夫君，既然走了这么久，请继续前进，

你说是啥就是啥，管它是太阳、月亮还是星辰，

你若高兴说它是蜡烛涂上了牛脂，

我就发誓说那不差毫分。

彼特鲁乔　　我说那是月亮。

凯特　　　　它分明就是月亮。

彼特鲁乔　　错，你胡说，它是神圣的太阳。

凯特　　　　上帝保佑，它就是神圣的太阳。

如果你说不是太阳，它就不是太阳，

你的心情变化跟月圆月缺一模一样。

你高兴叫它什么它就是什么，

凯瑟丽娜保证妇随夫唱。

霍坦西奥　　（旁白）彼特鲁乔，真有你的，你赢了一场大胜仗。

彼特鲁乔　　好啦，往前走，往前奔，小球只管往前滚[1]，

1　小球只管往前滚（bowl should run）：指滚球游戏中，所有别的球都滚向主球。

切莫倒霉偏航向 [1]。

慢着，有人来了。

文森修上

（对文森修）早上好，你上哪儿去，好姑娘？

（对凯特）好凯特，请把实话对我讲，

你何曾见过姑娘似这般鲜花怒放？

脸颊红是红的姿色，白是白的模样，

一双眼睛配上天仙般的脸庞，

恰如星星用美丽把天空照亮。——

（对文森修）再次问候你——美丽可爱的姑娘，

（对凯特）因此，好凯特，快去与她亲热一场。

霍坦西奥 （旁白）他把这个老汉当成女人，岂不让人家发狂？

凯特 含苞待放的年轻处子，你鲜活甜蜜又漂亮，

你往哪儿去，家住在何方？

父母有福了，养育了漂亮的女儿郎，

夫君更有福，福星高照修得同船渡，

三生有幸娶你入洞房。

彼特鲁乔 怎么啦，凯特？但愿你没有疯狂，

这是个糟老头儿，皱纹满脸，白发苍苍，

你怎么说他是个女儿郎？

凯特 老先生，原谅我这不中用的眼神，

被太阳晃得迷糊发晕，

看啥都觉得泛绿昏沉，

看来您是位受人尊敬的老人，

---

1 偏航向（against the bias）：意为"偏离球滚动的路线"。bias 指球内的重物，使得球沿着曲
  线滚动。

请宽恕我刚才唐突把您错认。

彼特鲁乔　好老大爷，请您原谅，

告诉我们您此行何往，

如若同行将一路欢畅。

文森修　好先生，还有你——有趣儿的女士，

初次见面几句俏皮话叫我不知所以，

我叫文森修，家住比萨市，

此行前往帕度亚市，

去看望久别的儿子。

彼特鲁乔　令郎叫什么名字？

文森修　他叫路森修。

彼特鲁乔　巧遇真荣幸，令郎更有福，

两家巧联姻，就凭您这个岁数，

我也得尊您一声老父，

这是拙荆，她妹妹也是一位淑女，

这时节令郎已把她迎娶。

莫惊讶，莫忧虑，她很贤淑，

嫁妆丰厚，出身名门望族，

更兼才貌品德又突出，

配得上任何绅士贵族。

让我拥抱文森修老父，

跟我一起走，看望贤弟去，

他看见我们定会欢喜得眉飞色舞。

文森修　你说的都是真的吗？还是逗乐儿开心？

像是爱开玩笑的旅行人，

在路上寻其他旅客活跃气氛。

霍坦西奥　老丈，我担保他说的句句都是真。

彼特鲁乔	来吧，我们前去验明正身，
	刚才开玩笑，让您起疑心。 除霍坦西奥外，众人下
霍坦西奥	好呀，彼特鲁乔，你使我满怀信心，
	回去且把寡妇驯！如果她抗命不从，
	就把你教给霍坦西奥的手段用上几分。 下

第四场 / 第十景

帕度亚

比昂台罗、路森修与比恩卡上。葛莱米奥在幕前

比昂台罗	轻点儿声，快些走，少爷，牧师在等着呢。
路森修	我在飞呢，比昂台罗。他们也许要你伺候，你回家去吧。
	路森修携比恩卡下
比昂台罗	不行啊，我得看见你们进了教堂，然后尽快跑回少爷的府
	上。 下
葛莱米奥	奇怪啊，坎比奥这个时候还没有到。

彼特鲁乔、凯特、文森修、格鲁米奥及众仆人上

彼特鲁乔	老丈，就是这间门，路森修的府邸，
	我的岳丈在前面挨靠市场起居，
	再见了，我这就赶往他的住地。
文森修	不行，进去喝杯酒再走不迟，
	请让我略尽东道之谊，

或许家里酒菜已备齐。（敲门）

葛莱米奥　他们在里面忙得很，您最好敲出点儿声。

老学究把头探出窗外

老学究　谁在那里把门都敲垮了？

文森修　请问路森修先生在家吗？

老学究　他在家，但是无暇跟您说话。

文森修　要是有人给他带来了一两百镑钱，给他吃喝玩乐呢？

老学究　那些钱您自个儿留着用，只要我还活着，他就不差钱。

彼特鲁乔　我给您说过，令郎在帕度亚的人缘极好，对不对？哎，听着，咱不扯野棉花了，请你禀报路森修先生，说他父亲从比萨来了，正站在大门口要跟他说话呢。

老学究　胡说。他爹就在帕度亚[1]，正在往窗外瞧呢。

文森修　你是他爹？

老学究　正是，他妈也是这么说的，如果我相信她的话。

彼特鲁乔　（对文森修）啊，怎么，先生！呃，你假冒别人的名字，实在是无耻行径。

老学究　抓住那个混蛋，肯定是他在冒充我，借机向城里人敲诈。

比昂台罗上

比昂台罗　（旁白）我看见他们俩一起进了教堂，上帝保佑他们一帆风顺！谁来了？老太爷文森修！我们全完了，事情砸锅了。

文森修　（看见比昂台罗）过来过来，吊颈鬼。

比昂台罗　俺能说不么，先生？

文森修　过来过来，你这无赖。怎么，把我给忘记了？

比昂台罗　把您忘记了？没有，怎么可能忘记？先生，俺一辈子都没有见过您呢。

1　即就在此地（有些校订者修订为 from Mantua 或者 to Padua）。

文森修	什么，你这混账东西，就从来没有见过你家少爷的老爷文森修么？
比昂台罗	啊，您说的是俺尊敬的老爷子么？天啊，先生，瞧，他老人家正在窗口往外瞅呢。
文森修	真的么？（他痛打比昂台罗）
比昂台罗	救命啊！救命啊！救命啊！这儿有个疯子要谋杀我呢！　下
老学究	救命啊，孩子！快救命，巴普提斯塔先生！　　　　自高台下
彼特鲁乔	凯特，咱们站远些，看这场风波怎样收场。（他们退至一旁）

老学究携众仆人自下方上。巴普提斯塔、特拉尼奥上

特拉尼奥	老头儿，你是谁，凭什么敢打我的仆人？
文森修	我是谁，先生？啊，你是谁，小子？诸位神仙啊！衣冠楚楚的混蛋！你居然穿起了丝绸紧身上衣，天鹅绒紧身裤，披着猩红的斗篷，戴着高冠帽子！完了！完了！我在家里省吃俭用，儿子在大学里竟然和仆人一起挥霍一空。
特拉尼奥	喂，出了什么事？
巴普提斯塔	怎么，这老头儿疯了么？
特拉尼奥	瞧您这身打扮，看上去像一位灵醒的老先生，可说起话来怎么像个疯子。嘿，我就是穿金戴银与您有何相干呢？感谢我父亲，有钱穿得任性。
文森修	你父亲！混账！他只不过是贝尔格蒙[1]的一个船帆制造工。
巴普提斯塔	您错了，先生，您错了，先生。请问他叫什么名字？
文森修	他叫什么名字？好像我不知道他姓甚名谁似的。我把他从三岁起抚养成人，他叫特拉尼奥。
老学究	滚，滚，疯驴！他叫路森修，我的独子，我文森修的田产继承人。

1　贝尔格蒙（Bergamo）：米兰附近一城镇。

文森修	路森修！噢，他谋杀了主子！抓住他，我以公爵的名义恳请你们。啊，我的儿子，我的儿子！告诉我，你这个混蛋，我儿子路森修在哪里？
特拉尼奥	去叫巡吏来。

一巡吏上

	把这个疯老头扔到监狱里面， 岳父，把他交给您，随时接受审判。
文森修	送我进监狱？
葛莱米奥	等一等，巡吏，他不该进监狱。
巴普提斯塔	别打岔，葛莱米奥先生，我说他应该进监狱。
葛莱米奥	还是谨慎点儿，巴普提斯塔先生，别在这件事情里头上当受骗，我敢发誓这人真是文森修。
老学究	既然您敢，那就发个誓吧。
葛莱米奥	不敢，我不敢了。
特拉尼奥	你这么说，我不是路森修啰？
葛莱米奥	不，我知道你是路森修。
巴普提斯塔	让老糊涂滚蛋！送他进监狱！

比昂台罗、路森修与比恩卡上

文森修	你们就是这样欺负辱骂外地人吗？你这混账东西！
比昂台罗	噢，我们给毁了——瞧，他在那边，别去认他，发誓抛弃他，不然我们都完了。

比昂台罗、特拉尼奥与老学究飞快地逃下

路森修	（跪地）老爸，请您原谅。
文森修	儿子，你还活着？
比恩卡	老爸，请您原谅。
巴普提斯塔	你做错什么事了？路森修在哪里？
路森修	路森修在这里，

	正宗文森修的正宗儿子，
	趁着您的双眼被假象蒙蔽，
	已经娶了您的女儿为妻室。
葛莱米奥	这是一个骗局，彻头彻尾地把我们大家都骗了！
文森修	那个该死的混蛋特拉尼奥在哪里？
	在这件事中他竟敢对我如此放肆。
巴普提斯塔	嘿，告诉我，这不是坎比奥么？
比恩卡	坎比奥变成了 [1]路森修。
路森修	爱情创造出奇迹。对比恩卡的爱恋，
	让我把身份与特拉尼奥交换，
	在城内他把我来假扮，
	使我实现美满的心愿，
	抵达人生幸福的港湾。
	特拉尼奥的所作所为都是我驱使，
	请看在儿子的分上宽恕他对您的冒犯。
文森修	我要割掉他的鼻子，他竟敢送我去监狱。
巴普提斯塔	我说，你听见没有？你怎么不经过我的同意，就把我女儿娶走了？
文森修	别担心，巴普提斯塔，我们包您满意。得了啊。不过，我进去了，为这个恶作剧得找他们出一口恶气。　　　下
巴普提斯塔	我也要彻查这件混账事情的底细。　　　下
路森修	别害怕，比恩卡，你爸爸不会真动肝火的。

　　　　　　　　　　　　　　　　　　　　　　路森修与比恩卡下

葛莱米奥	我的蛋糕成了面疙瘩，也就跟他们一起进屋，
	希望泡了汤，只有讨杯喜酒喝去。　　　下

1　变成了（changed）：与人名坎比奥（change）形成双关。

凯特	夫君，我们也跟着进去吧，热闹也要看个结局。
彼特鲁乔	凯特，先吻我，我们再进去。
凯特	什么，就在大街当中？
彼特鲁乔	怎么，嫌我丢你的人？
凯特	不是的，夫君，不敢，这也让我太难为情了。
彼特鲁乔	嘿，我们还是回家吧。——来，小的们，我们走吧。
凯特	别走，我来给你一个吻，求你啦，爱人，留下吧。（他们接吻）
彼特鲁乔	这不就很好么？来吧，我的好凯特姑娘， 来一个总比没有好，迟来永比不来强。　　　　　　同下

第 五 幕

第一场　　/　　第十一景

巴普提斯塔、文森修、葛莱米奥、老学究、路森修与比恩卡、彼特鲁乔、凯瑟丽娜、霍坦西奥、特拉尼奥、比昂台罗、格鲁米奥与寡妇上。众男仆与特拉尼奥摆上酒宴后的茶歇

路森修	我们漫长的争吵终于奏出了和谐之音，
	当战争不再肆虐，恰是时分，
	让我们笑对逃亡，危难不再降临。
	可爱的比恩卡，你去迎接我的父亲，
	我也同样尽礼数，把你的父亲迎进。
	凯瑟丽娜大姐，彼特鲁乔连襟，
	还有你，霍坦西奥，带上这位可爱的未亡人，
	大快朵颐之余，欢迎移步蓬门，
	茶歇让足下的胃口余兴略尽，
	就请诸位入席就座，
	推杯换盏交浅言深。
彼特鲁乔	坐了吃，吃了坐，一事无成！
巴普提斯塔	彼特鲁乔贤婿，帕度亚素有好客之风。
彼特鲁乔	帕度亚尽是好客之人。
霍坦西奥	就我们两家而言，但愿此话成真。
彼特鲁乔	那么，我敢说霍坦西奥一定叫寡妇吓坏了。
寡妇	相信我，我才不会被吓坏呢。
彼特鲁乔	你太敏感了，误会了我的意思，

我是说霍坦西奥见着你心生恐慌。

寡妇 头晕的人以为满世界都在旋转。

彼特鲁乔 回得好圆润。

凯特 嫂子，你说的是什么意思？

寡妇 我和了他的韵。[1]

彼特鲁乔 和我怀了孕！霍坦西奥会产生什么想法？

霍坦西奥 寡妇是说她受了你的启发，才产生那个说法[2]。

彼特鲁乔 修正得真妙。好寡妇，吻他一下，算是报答。

凯特 "头晕的人以为满世界都在旋转。"

请你告诉我，这句话是在说啥？

寡妇 尊夫苦于家中有悍妇相伴，

以自己的悲惨，度他人的哀伤。

现在你明白我说的意思[3]了？

凯特 你说的意思真坏。

寡妇 是的，我说的就是你。

凯特 跟你一比高低，我算是温和的了。

彼特鲁乔 干掉她[4]，凯特！

霍坦西奥 干掉她，寡妇！

彼特鲁乔 一百马克[5]，我的凯特就把她干倒[6]。

1 此句意为"我是这样理解他说的话"，彼特鲁乔拿 roundly（圆润）和 conceive（理解／怀孕）开了一个怀孕的玩笑。

2 产生那个说法（conceives her tale）：解释了她说的话，同时与"受孕"形成双关，因为 tale 与 tail（阴道）同音双关。

3 意思（meaning）：两人接下来唇枪舌剑，最终动手。下文 mean 有"卑鄙的"、"意指"和"温和的"意思。——译者附注

4 干掉她（To her）：狩猎或者敦促动物打架时的呼喊语。

5 马克（marks）：硬币，每枚价值三分之二镑。

6 把她干倒（put her down），有性暗示，下同。

霍坦西奥	那乃是我的职责。
彼特鲁乔	你说话像个官员，敬你一杯，老朋友！（给霍坦西奥敬酒）
巴普提斯塔	葛莱米奥，这些人俏皮话说得怎么样？
葛莱米奥	说得好，老爷子，从头到尾顶在一起[1]。
比恩卡	从头到尾！说俏皮话的人只会说 顶牛——在一起头顶犄角。
文森修	新娘子，把你吵醒了？
比恩卡	嗯，不过不是吓醒的。我再去睡啊。
彼特鲁乔	那可不成。你既然开了口， 得准备把一两支箭矢来承受。
比恩卡	我是给你射击的鸟么？我要换个树丛[2]躲躲。 有本事你张满弓[3]来追我， 你们都来呀。 比恩卡、凯瑟丽娜与寡妇下
彼特鲁乔	她赢了，抢先溜了。特拉尼奥先生， 你曾把这只鸟瞄准，只是没有射中[4]。 来，为所有射失者的健康干一杯！（敬酒）
特拉尼奥	噢，先生，路森修把我当猎狗使， 猎狗东奔西走，猎物却归主子。
彼特鲁乔	这个比喻打得好、来得快，像狗一样猛。
特拉尼奥	还是您好啊，自己狩猎自己享用， 听人说您的爱鹿把您撞得不轻[5]。

---

1 从头到尾顶在一起（butt together well），有性暗示，暗指"插入"。

2 树丛（bush）：有性暗示，暗指"阴毛"。

3 弓（bow）：指捕鸟——用弓箭捕杀栖鸟，暗指"阴茎"。

4 射中（shot）：有性暗示，暗指"插入"。

5 您的爱鹿把您撞得不轻（your deer does hold you at a bay）：deer 与 dear 形成双关语；此句的字面含义为"攻击你，用角把你顶开"，暗指"拒绝与你过性生活"。

巴普提斯塔	呵呵,彼特鲁乔,这下给特拉尼奥正中要害了。
路森修	好特拉尼奥,谢谢你给他的揶揄。
霍坦西奥	老实招了吧,他是否说中了你的痛处?
彼特鲁乔	我承认,他的挖苦话擦破了点儿皮,
	对我造成的损伤只是毫厘,
	却十之有九把你们俩伤成残疾。
巴普提斯塔	啊,说正经的,彼特鲁乔贤婿,
	我觉得你娶了最凶的泼妇。
彼特鲁乔	哎,瞎说,为此咱们来打赌,
	看谁的妻子温顺贤淑,
	各人去请各人的媳妇,
	谁先将老婆从后堂请出,
	谁就赢得大家的赌注。
霍坦西奥	甚好。赌多大的东道呢?
路森修	二十克朗。
彼特鲁乔	二十克朗?
	这个数目刚够赌我的鹰犬,
	赌我的老婆得二十倍起番。
路森修	那就一百克朗。
霍坦西奥	可以。
彼特鲁乔	好的,一言为定!
霍坦西奥	谁先来?
路森修	我先来。
	去,比昂台罗,叫少奶奶出来见我。
比昂台罗	我去了。 下
巴普提斯塔	贤婿,我给你押一半赌注,比恩卡会来。
路森修	我下赌注不跟别人对半分,自己一个人包圆。

比昂台罗上

　　　　　怎么样？什么情况？

比昂台罗　　大爷，少奶奶让我给您传话，
　　　　　她没有空，不能出来。

彼特鲁乔　　怎么？她没有空，不能出来？
　　　　　这算什么回答？

葛莱米奥　　算是很客气的回答了。
　　　　　天啊，但愿尊夫人给你的回答不会更差。

彼特鲁乔　　我希望得到更好的回答。

霍坦西奥　　比昂台罗小子，进去恳请我太太
　　　　　马上出来见我。　　　　　　　　　　比昂台罗下

彼特鲁乔　　呵呵，恳请她？
　　　　　那么，她一定要出来啦。

霍坦西奥　　老兄，恐怕——
　　　　　你无论怎样去请——

比昂台罗上

　　　　　　　　　　尊夫人也是请不动。
　　　　　哎，我的太太呢？

比昂台罗　　她说您信口开河讲笑话，
　　　　　太太不来，吩咐您去见她。

彼特鲁乔　　越来越差劲，她不来！啊，可恶，
　　　　　是可忍孰不可忍！
　　　　　格鲁米奥，去叫少奶奶，
　　　　　就说我命令她前来见我。　　　　　　格鲁米奥下

霍坦西奥　　我知道她的回答。

彼特鲁乔　　会是什么？

霍坦西奥　　她来不了。

彼特鲁乔　　那就算我倒霉完事。

凯瑟丽娜上

巴普提斯塔　啊，圣母啊，凯瑟丽娜来了！

凯特　　　夫君，您派人叫我，有何吩咐？

彼特鲁乔　你妹妹在哪里？霍坦西奥的夫人又在何处？

凯特　　　她们在客厅烤火，闲谈些事务。

彼特鲁乔　去把她们叫出来，如果不顺从，

　　　　　　就一路鞭抽棍打，一个个出来见丈夫，

　　　　　　我说，把她们弄出来，还不快去？　　　　凯瑟丽娜下

路森修　　要是说奇迹，这才算一个。

霍坦西奥　的确是奇迹，不知啥兆头。

彼特鲁乔　哎，它预示恬静的生活，相爱与和平，

　　　　　　法权至高无上，统治值得尊敬，

　　　　　　简而言之，是甜蜜幸福等等。

巴普提斯塔　恭喜，好运连连到东床，

　　　　　　你赢了赌注，我还要加上——

　　　　　　除了他们输给你的——两万克朗，

　　　　　　只当是又给一个女儿作嫁妆，

　　　　　　因为她变了，跟从前大不一样。

彼特鲁乔　且慢，俺绝非侥幸赢下赌注，

　　　　　　诸位再看内人的德行展示，

　　　　　　以及新近养成的百顺百依。

凯特、比恩卡与寡妇上

　　　　　　瞧，她来了，用女人的说服力，

　　　　　　押着囚犯——两位桀骜不顺的妻子。

　　　　　　凯瑟丽娜，那顶帽子你戴着不合适，

　　　　　　摘下那玩意儿，掼在你脚底。（凯特把帽子扔在地上）

寡妇	主啊，让我永远别因此叹息， 竟然沦落到这等傻乎乎境地！
比恩卡	呸，这也算是妇道，真是愚蠢至极！
路森修	但愿你有如此妇道，"愚蠢"到底， 可爱的比恩卡，你好聪明的妇道， 晚饭后造成了五百克朗的损失。
比恩卡	拿我的妇道来打赌，证明你更愚蠢。
彼特鲁乔	凯瑟丽娜，你来教训这些倔强的女人， 妻子该给夫主尽哪些妇道本分。
寡妇	得了，得了，别开玩笑了。我们不要听。
彼特鲁乔	有种！我说，就从她开始。
寡妇	不听。
彼特鲁乔	我说要听，就从她开始。
凯特	（对寡妇）呸！呸！将你那倒竖的怒眉舒展， 把轻视睥睨的目光收起， 以免伤害你的国王、你的统治者、你的夫婿。 它像寒霜啮噬草地一样遮蔽你的美丽， 也似旋风摧残蓓蕾一般毁损你的名誉， 它绝不温柔可爱，也并非合适相宜。 一个怒妇就像清泉被搅动的样子， 浑浊难看，失去了清纯美丽， 因此，无论多么口干舌燥的人， 也不会俯身去啜饮一口一滴。 你的夫君是你的监护人，也是你的生命，你的主子， 还是你的头儿、你的君主。他关爱你， 操劳你的生计，他不惜身体， 辛勤劳作在海上与陆地，

风雨之夜不闭眼，寒冷之日不将息，
使你安安全全地生活在温暖的家里。
他渴求的回报只不过是——
你的爱情，真心的服从，美丽的容姿；
你亏欠夫君那么多，而给予的回报如此低，
（对众人？）一个女人要感谢她的丈夫，
要像臣民对君王一样尽忠尽职。
她如果刚愎自用，闷骚任性，
不服从丈夫高尚的意志，
就是个犯上作乱的叛逆，
把深爱她的主子背离。
我感到羞愧，女人真是愚，
当她们需要下跪求和时，
却挑起事端，篡班夺位谋权力，
女人结婚就该服侍丈夫，对他们顺从爱惜。
为什么我们的身体柔顺光滑，软弱无力？
为什么我们耐不得苦，受不得急？
因为我们的心脏，还有易碎的器官
应该和我们的外表相一致。
（对所有女人）听我一言吧，你们这些桀骜不顺的可怜虫，
我的心曾跟你们一样傲慢得意，
胆子一样大，也许更会讲道理，
男人皱眉我蹙额，他来一言我回一语，
到如今方知我们的枪矛只不过是稻草，
我们的力气软弱，弱得无法比，
似乎空壳才是我们的躯体。
低下你傲慢的头颅吧，因为傲慢没有益处，

请你把双手放在丈夫的脚底。

为了表示顺从，只要夫君愿意，

我的手随时准备着，但愿能让他满意。

彼特鲁乔 真是个好女人！快点儿，吻我，凯特。(他们接吻)

路森修 哎，真有你的，老兄，你赢了。

文森修 孩子们肯听话，真是好事情。

路森修 女人们不听话，就是坏事情。

彼特鲁乔 来吧，凯特，我们去就寝。

我们三人当新郎，你们两人输了金，

(对路森修)我虽赢得赌注，你却射中靶心[1]。

道声"晚安"，我以赢家的身份。

彼特鲁乔与凯瑟丽娜下

霍坦西奥 你降伏了悍妇[2]，理应扬扬得意。

路森修 她能被你降伏，也算是个奇迹。

众人下

---

1 靶心（white）：与比恩卡的名字（"白"）形成双关。

2 悍妇（shrew）的发音为 shrow，与下一句结尾的 so 押韵。(译文另作处理。——译者附注)